人间吟甬总关情

宁波市文联 2023 年度文艺创作重点项目

任卓君获奖故事作品集

任卓君 著

花山文艺出版社

图书在版编目（CIP）数据

人间吟甬总关情 / 任卓君著． -- 石家庄：花山文
艺出版社，2024.4
ISBN 978-7-5511-7184-7

Ⅰ．①人… Ⅱ．①任… Ⅲ．①小说集－中国－当代②
散文集－中国－当代 Ⅳ．① I217.2

中国国家版本馆 CIP 数据核字（2024）第 071595 号

书　　名：**人间吟甬总关情**
RENJIAN YINYONG ZONG GUAN QING
著　　者：任卓君

责任编辑：梁东方　陈　淼
装帧设计：优盛文化
美术编辑：王爱芹
出版发行：花山文艺出版社（邮政编码：050061）
　　　　　（河北省石家庄市友谊北大街 330 号）

销售热线：0311-88643221 / 34 / 48
印　　刷：河北万卷印刷有限公司
经　　销：新华书店
开　　本：710 毫米 ×1000 毫米　1/16
印　　张：18
字　　数：130 千字
版　　次：2024 年 4 月第 1 版
　　　　　2024 年 4 月第 1 次印刷
书　　号：ISBN 978-7-5511-7184-7
定　　价：98.00 元

古越甬城，纵贯春秋千年，横亘四明百里，傲然屹立于东海之滨。八千年井头山渔猎搏兽，七千年河姆渡刀耕火种。更有秦汉商贸，唐宋文韵，明清思范，近代大商，共和院士。宁波作为国家级历史文化名城，见证着这片神奇土地上的历史与文化。斗转星移，沧海桑田，代代宁波人执着地赓续着城市的根脉，薪火相传。无论扎根乡土，终生不移，还是漂泊天涯，乡愁不变。宁波精神，甬土情感，还有那活色生香的宁波话，透骨新鲜的山海味，永远深深铭刻在海内外宁波人的印记里。而这些宁波印记，往往通过许许多多的宁波作家、艺术家的作品鲜活地反映出来。任卓君的《人间吟甬总关情》就是其中的真情表现。

作者基于自己几十年来的甬上体验，以她熟悉的生活为素材，倾诉自己家庭的凡事，讲述亲近百姓的故事。关注现实，直面当下，抒发人间喜乐悲欢，书写人民的奋斗拼搏，情感真切而真挚，情节生动而富有情趣，语言不乏幽默与风趣。

如《孕路书香伴》《拼命三郎与工农兵三号》和《祖母的背影》，拾取的是家庭记忆的碎片，连缀的是美好生活的意蕴。《给孩子的信》，则"幼吾幼以及人之幼"，从身边的爱，升华到周边的爱。《悠游介甫府》《庚子书签的传说》《你是我的眼》等，则是以历史的视野观察当今之时代，既讲王安石治鄞三年，勤政廉洁，影响千年的故事，也讲百年中国复兴发愤图强的历程。作品富有宽阔的历史空间，也有较强的时代气息，表达了作者浓烈的家国情怀。而《念，家乡状元楼》《宁波汤团的传说》和《杨梅的传说》等故事中，作者将民间传说、民间信仰和民间饮食文化，有机融入作品当中，使读者零距离地感受到了甬地丰满神奇的故事和令人垂涎欲滴的美食。

品读任卓君的作品，鲜明的感觉，首先是以情取胜，无论是写景或是叙事，以情动人，"天然

去雕饰"。注重节制，把控宣泄，委婉敦厚，浓而不烈。如《幸福像花儿一样》，写"母亲"的生活经历，于生活之真中体味其至情至性之感。题材上常常以优秀传统文化为切口，以现实生活特别是新时代火热生活为视角，反映当代小到普通人情感生活，大到全民助力的家国情怀。引人共鸣，催人奋进，具有鲜明的时代性。其次是构思缜密，结构精巧。作者善于以"文眼"作为构思的核心，力求思想性与艺术性相统一。如《庚子书签的传说》，作者将四个貌似无关联的场景，以主人公名字"芙福琥赋馥"和"五色书签"作为线索相串联，结构巧妙，脉络清晰，新颖而完整。再次，作品文笔清新，语言雅致，有时俏皮活泼。作为高校双语教师，时客串各种活动主持人，诗一般的朗诵语言成为她写作的惯性。对声音、色彩独到的敏感，巧用比喻，情景交融。如对"介甫府"的环境描写，用工笔画手法刻画优美的意境，为下文展开故事情节作浓重的铺垫。

　　她的许多作品，在近十多年全国、省、市征

文比赛中频频获奖，佳作迭出，反响热烈。这次她将部分获奖作品汇编成集，向读者展示出作为青年作者的阶段性成果，应该值得鼓励。希望有更多的年轻文艺创作者，借鉴她的创作风格，探索创作新路，为人民写生，为时代放歌，把绚丽多姿的文艺作品奉献给大众，为人民向往美好生活提供更多更好的精神食粮。在此我向大家真诚推荐，期待读者喜欢这部作品，并以此序祝贺本书的出版面世。

周静书

2023 年 9 月 10 日

（作者系浙江省民间文艺家协会原副主席、宁波市文联原副主席、宁波大学兼职教授）

卷首语 Foreword

在宁波生活的四十载，我感受着浓浓烟火气、书香气，体会过山间的清风和独属于这座城市的凝重感与现代感。

感恩这片故土对我的滋养，我也见证着故乡的变迁和成长，寸寸青丝与情思皆化作了《人间吟甬总关情》。

生活总不完美，总有辛酸的泪、失足的悔、幽深的怨、抱憾的恨。生活亦很完美，总让我们泪中带笑，悔中顿悟，怨中藏喜，恨中生爱。

幸福，就是当激情退去容颜衰老，牵你的还是那双不怨悔的手；就是当财富散尽一无所有，陪你的还是那颗不回头的心；就是当灾难降临众生远离，暖你的还是那份不冷却的情。

幸福很简单，就是找一个温暖的人共同燃烧此生，奢侈、富贵、炫耀只是一层包装，只要你觉得

是幸福的，其他一切都无所谓。

让我们用最自然的姿态和意愿去面对生活，我相信，内心深处的快乐，将自由自在地蓬勃生长。

吟念皆是甬，

人间总关情。

目 录 Contents

I

家国情思忆流年 / 227

阿拉私房故事

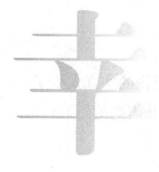

幸福像花儿一样

——小小小传

与妈妈为我做的相比，我为妈妈所做的实在太少了。谨以此文，献给我的妈妈，以及妈妈的妈妈。

幸福像花儿一样

花儿像妈妈一样

我看妈妈很近

幸福因此不远

花儿开到永远

——苏格兰童谣

1950s：萌

　　20 世纪 50 年代中期的一个午后，一个街道小诊所的产房外，秀梅的丈夫满头大汗，正焦急不安地来回踱着步。一名助产士急匆匆地从病房里跑出来告诉他，产妇伴有严重的高血压，这里的医护条件有限，拖延下去怕是要出危险，条件许可的话还是转院吧。秀梅的丈夫听罢，二话不说，火速借来一辆小三轮，小心翼翼地把妻子抱上车，使出浑身力气把车蹬到市第二医院。"母子都会平安"，他的心里充满了这个信念。此时，这个医院的产科才刚刚成立，但是他深信，穿着白大褂的大夫们一定能帮助自己的妻子和即将出生的孩子脱离危险。

时间一分一秒地过去，抢救仍在进行，等待就像一辈子那么漫长，那么难挨……

"哇……"几小时后，秀梅和丈夫终于听到了孩子的哭声，世界上最美妙的声音莫过于婴儿这一声啼哭！虽然这已是他们的第三个孩子了，可秀梅看着看着，还是忍不住潸然泪下。怀着这孩子期间，秀梅的身体始终虚胖浮肿得厉害。许是担心母亲身体弱，小囡囡提前一个月就自告奋勇来到了人间，才只有三斤多。对于这个新世界，她又显现出明显的不适应，耷拉着小脑袋，像只病恹恹的小猫。秀梅的丈夫握着妻子的手说，"别担心了，孩子一定会健康长大的。不如，咱们先给小囡起个小名唤唤吧。"秀梅看着这婴儿：小小的脑袋，小小的身体，想想又是家中的小囡，心中一动："不如

就叫'小小'吧，怎么样？""小小，小小，好啊，好听好听！"秀梅揩去眼泪，望着丈夫，幸福地笑了。

1960s：芽

又是"九九加一九，耕牛遍地走"的美好春光，九岁的小小坐在镜子前，阿姐正手拿木梳给妹妹梳着头，"小小，你要梳'小姐头'，还是'丫鬟头'？""我梳'丫鬟头'。"小小不假思忖地回答。"阿拉小小真是的，怎么喜欢梳'丫鬟头'？"其实，小小心里对丫鬟、小姐啥的压根儿就没有什么概念，就是胡乱地选了个。阿姐呢，则是把给妹妹梳头作为一大课余爱好，她顺手抹了点桌上的"粘头树"① 在辫子上，（粘头树是当时常见的一种用来定型和亮发的天然美发品）看着自己给妹妹梳好的乌溜溜的长辫子，感觉是自己刚完成的作品，

---

① 粘头树，是用木槿树的刨花（用刨刨下来的木片）浸泡在水中，使用后能使头发润泽。有一句宁波老话："牛郎织女碰头，槿树叶瓣洗头。"老底子，宁波女孩喜欢在七夕那天，用槿树叶搓揉浸泡后的汁液来洗头。相传织女就是用槿树汁液洗她的秀发的。据说女孩子这样洗头，能得到织女的护佑，使头发柔顺飘逸，清香怡人，而且全年不生一根白发。

心里特别满意。

"吃金团咯……"此时，大哥阿鸿从外屋跑进来，手里端着热腾腾刚蒸好的龙凤金团。圆滚滚的金团，撒着黄扑扑的松花粉，实在诱人。在那个天天吃玉米面窝窝头的年代，龙凤金团实属上等美食。

这个金团已经被刀均匀地分成了四等分，大哥郑重地宣布，每人只能吃其中的一小份。

"其实，这是隔壁吴奶奶做寿给咱家奶奶吃的，奶奶舍不得自己一个人吃，说和我们仨一起分。"阿鸿解释着。秀梅见此情景，对孩子们说："这可不行，得让你们奶奶吃，这个是芝麻馅儿的，是你奶奶最喜欢的口味呢……""不用不用，秀梅，让孩子们吃。吃金团团团圆圆，人多才好哩……"没等奶奶说完，孩子们立马动手分食了，小小也拿了一块阿哥递过来的金团，皮薄馅足，入口甜糯，清香怡人，奶奶问："好吃吗？""嗯，好吃好吃！"小小一边吃，一边不停地点头，嘴角露出两个浅浅的小酒窝，在两条长辫子的映衬下显得格外可爱。

1970s：菲

火油灯悠悠然地闪着亮光，屋内小小和母亲一同做着针线活儿，屋外广播喇叭传来样板戏的唱段——"我家的表叔数不清，没有大事不登门……"小小穿着一件枣红色对襟布衫，一条长辫子垂在肩上，像极了这《红灯记》里的李铁梅。她一针一线地缝补着大哥的棉外套，女红很是娴熟。"新三年、旧三年、缝缝补补又三年"，三年时间一晃而过，一个年代亦是如此。

高考恢复的消息对大哥阿鸿来说真是莫大的福音，他光荣地成为一名金灿灿的同济大学学生，他的名字高高地挂在开明街的光荣榜上。阿姐在余姚二六市支农，也成为当地出名的赤脚医生。"文革"的阴云渐渐散去，然而小小却没能继续上学，许是生活的拮据，许是家里的老小，她早已在家帮父母打理裁缝铺子了。在小小的心里，她是多么希望自己有朝一日也能走入梦想中的高等学府，可她没有怨言，默默地帮父母操持家事，是妈妈的贴心小棉袄。

此刻，娘儿俩唠着嗑，做着活儿，明天阿哥阿姐又能回家探亲了，小小最喜欢听他们给自己讲些学校里、农村里的趣闻和顺口溜。比如，阿姐用方言念的小调：

正月梅花开心头，解放以来好年头，
想起我，黄老头，解放以前吃苦头，
吃的野菜和馒头，穿了一身破布头，
拉了车子在外头，碰到反动军官萝卜头，
要我拉到船码头……

除此之外，小小还有一小爱好——猜谜。话说这谜语可是妈妈秀梅的拿手宝贝。每当一家人，团团圆圆围坐在一起，吃完饭，秀梅就出谜面让大家猜，而这谜面与其说是谜语，倒不如说是一首首好听的小诗。譬如："小小诸葛亮，稳坐中军帐，摆起八卦阵，捉拿飞来将。"许是与母亲相处的时间比起哥哥姐姐更多一些，小小总能猜对妈妈的谜语，甚至连妈妈会出什么样的谜语，她也能猜着，

或许这就叫母女间的心有灵犀吧。

1980s：蕾

"一九二九不出手"，又是雪花儿飘飘的寒冬时分，又是在第二医院产科病房，秀梅和丈夫欢欢喜喜地准备把女儿和刚出生不久的外孙女接回家。上半年做了爷爷奶奶，年末又做了外公外婆，可把老人家给乐得啊。"小小，你看你闺女，足足七斤，可比你小时候结实多了。"秀梅抚摸着外孙女的小手说。看看女儿肉嘟嘟的脸，眯缝着双眼，香甜地睡在她爸爸的怀里，小小说："哎，妈妈你看，长得和她爸爸像一个模子刻出来似的，我真是白白辛苦了。"说完，一家人都笑了。

外公外婆抱着小宝宝，送女儿女婿到了家门口，秀梅对着襁褓中的外孙女说："囡囡，家里到咯。""哎呀，妈，这么小的小孩，您和她说这个？"秀梅笑道："人家囡囡可是知道的。"

时光如白驹过隙，转眼间，小小的女儿晶晶也有三岁半了。父亲的裁缝铺子作为个体被合并之后，小小就在一所服装厂任职。所以，晶晶从出生开始，衣服都是妈妈亲手设计并制作的，而精心给女儿穿衣打扮，也是小小觉得自己作为一个母亲最最幸福的事情。

瞧，又到了正月初一，一大清早，小小就给女儿穿起自己亲手做的丝光棉小花袄，精致的小碎花，上面配有三颗小葡萄纽，这可是小小花了一个下午亲手缝制的，葡萄纽的"头"既像花蕾，又似成串的葡萄果，两边的葡萄藤袅娜地蔓绕着，漂亮极了。穿完后，小小又细心地给女儿盘梳了两个小圆发髻，把女儿打扮得像个年画里的小仙童。晶晶满足地看着镜子里的自己，一蹦一跳地玩去了，嘴里还念着妈妈教她的儿歌：

正月梅花开心头，解放以来好年头……

小小看着女儿的身影，仿佛是自己又回到了童年。每年正月，小小总会带着晶晶去给邻里们拜年，每每小晶晶娴熟地念起儿歌，总能让邻里的爷

爷奶奶们乐开花，晶晶也因此赚来不少打赏的食品：大白兔奶糖、酒心巧克力、陈皮梅等等。

1990s：蔻

"小来外婆家，中年丈母家，老来姐妹家。"外婆家有能一起玩耍的表姐妹，有能辅导学习的舅舅，有能做美食的舅妈，最重要的是有外公外婆的疼爱。这不，晶晶放暑假，又来外婆家住了。

此刻，秀梅和晶晶都坐在桌旁，晶晶最喜欢外婆陪着练字了。秀梅和小小在一旁，娘俩一起剥着蚕豆子。"阿囡啊，外婆给你猜个谜，怎样？""好呀好呀。"秀梅一面继续剥着豆子，一面随口说起来："两老头（方言指两夫妻），睡一头，黑黑枕头，绿绿被头，一只手儿伸外头。"晶晶歪着脑袋，思忖起来。一边的小小见不给任何提示，女儿可不一定猜着，于是她不抬头，故作若无其事地继续剥着豆："猜一样吃的。"晶晶放下笔，拿了一片小豆瓣，瞅瞅外婆问："可是这蚕豆子？"

"对的，呵呵，阿囡真乖，你看啊，外婆就是最外面的豆荚，你妈妈是这蚕豆皮，你就是这豆子肉。"晶晶会心地笑了，这个比方妈妈也曾说过。晶晶对外婆说："外婆，你肚子里这么多的谜语，我想把它们都记下来。""好呀，"外婆爽朗地答应了，于是，外婆口述，晶晶笔录，一条条祖传老底子的谜语由秀梅娓娓道来。老人家一口气尽说了几十条。此后的几天，晶晶悉心把这一条条谜语整理在自己的读书摘记本里，算来竟有百余条。

　　许多年以后，宁波一位名叫傅瑞庭的学者准备编纂一部关于宁波本地谜语的书籍①，晶晶曾提供自己的谜语记录本给他看，也带他来见自己的外婆。那日，外婆口述了许多古老的宁波谜语，给这位学者不少参考资料。只可惜书成之日，秀梅已不在人世了。每每翻起这位学者的赠书，看着里面那些凝聚了母亲智慧和心血的内容，小小就会想起自己的母亲，想起那些祖孙三代一起的幸福时光。

---

① 傅瑞庭《宁波谜语新编》，宁波出版社，2007：304

2000s：芬

又是"三九四九冰上走"的时节，大学校园里，昔日咕咕常鸣的白鹭早已南飞，凛冽的寒风吹的道路两旁的大树上仅有的几片叶子也无奈地选择了离开。绝大部分同学早已背上行囊，卸下课堂任务，踏上了回家的路途。

此时，晶晶已是外语系大四的学生了，这个寒假，她没有回家，因为考研在即，她需要做最后的复习。午后，太阳暖洋洋地透过寝室的玻璃窗，晒在自己的书本上，晶晶并没有像平日那样吃过饭就直奔教室温习，因为昨日妈妈电话里说，这个午后准备来学校看她……

而此刻，小小也正拎着大包小包从女儿大学校门口走入，真快啊，一转眼，女儿都念大四了……遥想自己第一次参加晶晶小学时的家长会，自己那份激动还清晰地在心头荡漾着。只要把孩子培养成才，无论花费多少心血与汗水都是值得的。女儿已经替自己圆了读好书的梦想，至于考研，她没有思考太多，小小总觉得，孩子大了，凡事有自己的想

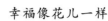

法，况且是继续学习，她自当全力支持。想着想着，不觉已来到晶晶寝室门口。

"妈妈，您来啦。""来了"，母女俩数周不见分外亲，"哇妈妈，您又带来这么多东东呀，""不多不多"，小小说着，从自己的小挎包里取出一支药膏，"这支冻疮膏给你抹手，看看你自己手，哎……"晶晶复习喜欢选北面的教室，说是那里人少，更安静，可是这么一来，加上久坐不动，手上脚上冻疮全部光临了。小小心疼不已，"自己别洗衣服了，呐，这是上次给你洗好的两件外套，对了，妈妈还带了些吃的。"说着，小小从另一个环保袋里拿出一只小搪瓷碗——"这是你爸特地给你做的清炒花菜和卤牛肉，味道不错，不妨乘热尝尝。"晶晶打开碗盖，碧油油的西兰花边上是切得如纸一般薄的牛肉片，齐齐错错，花菜的清香，伴着卤味牛肉特有的扑鼻香，真是让人垂涎欲滴。"怕你又说妈妈带得太多，所以只让你爸给你盛了这么一小碗，解解馋，怎么样，是不是带得太少了呀？""没有没有，老妈，学校里好吃的不少，温

暖牌的饭菜，这样刚刚 OK，想吃的时候正好吃完，有回味，最好了，嘿嘿。"晶晶调皮地朝妈妈笑笑，妈妈也对着女儿慈爱一笑，她相信，数月后的揭榜之日，女儿还会带给她一个让她更为欣然的笑。

2010s：苒

时光荏苒，岁月如歌，此刻，一首动听而又熟悉的儿歌回荡在晶晶家的阳台上：

> 正月梅花开心头，解放以来好年头，
> 想起我黄老头，解放以前吃苦头……

晶晶整理着摇篮里的被褥，她的宝宝刚美美地睡完一觉，现在正由外婆抱着喂米糊吃呢。红扑扑的圆脸，乌溜溜的大眼睛，稀稀疏疏的毛发，小小念着儿歌，看着小宝，思绪霎时飞到了晶晶儿时……

逝者如斯夫，不舍昼夜。

妈妈的儿歌也让晶晶回忆起了自己的童年：漂

亮的小花袄、老外婆的谜语、跳不厌的皮筋、妈妈的小调……转眼，自己也做妈妈了。记得自己刚生完孩子从医院回来那会儿，妈妈对着根本不谙世事的小毛头说了一句："囡囡，家里到咯"，她觉着不可思议。而现在，小宝宝一天天长大，慢慢地开始认识世界，慢慢地开始会语言了。小宝最会的就是B带头的词儿，比如：爸爸、杯杯、拜拜，还能指着图片里的小圆球说："ball"。而小家伙最喜爱的就是外婆念的这些方言小调，每每外婆念起，他就踩着节奏，挥舞起自己的两只小胖手，作为呼应，可把一家人都乐坏了。

　　小小做外婆了，往日的长辫子不再垂着肩，隐隐几根银丝悄悄爬上了头。虽然已退休在家，但是小小把自己的生活安排得满满当当。首先，小小上了老年大学——一周两次学习拉丁和京剧；其次，周六看望年逾鲐背的父亲；然后一周三天帮女儿女婿带小外孙；其余时间才在家里做家务。小小总是笑言：现在的生活就是围着三个男人转，工作重心主要是这个小男人。

2020s：蓉

江南好，风景旧曾谙；

日出江花红胜火，春来江水绿如蓝。能不忆江南？

江南忆，犹忆是明州；

清酒一杯春竹叶，老少双舞笑芙蓉。早晚复相逢！

又是一个十年，小小的外孙转眼已成了小小少年，现在小小的日常任务，除了接送外孙上下学，就是上老年大学，当然她已经成为老年大学的 VIP 会员了，拉丁、京剧、中医保健、普通话、唱歌、舞剑，小小和老伴在老年大学"玩"得游刃有余。

新冠病毒防控期间，小小抽空把家里的每个抽屉又仔仔细细整理了一遍，其中一个抽屉满满放着厚厚的十几本照相簿——那是没有智能手机、数码相机的时代，她仿佛又把岁月好好品味了一遍：

母亲年轻时刚从上海回甬的模样，优雅的旗

袍，精致的烫发；自己年幼时，稚嫩的模样，浓眉大眼，粗粗的两根大麻花辫；与丈夫刚组建小家庭的模样，东海照相馆里，那个年代的宁波人都懂的大海背景前，丈夫站后，自己坐前，手里抱着的女儿还是个嘟嘟的糯米团……

然后呢，糯米团长大成家，自己与丈夫开始周游祖国的山山水水，最亲的长辈相继离世，然后，自己，终究也变成了家里顶级的"高堂白发"。

当小小夹起女儿给她烤的六十六块红烧肉的最后一块时，当老伴又一次给边看电视边睡着的她盖上毯子时，当小外孙用胜利的口吻对她说，外婆，五子棋你又输了时，小小不得不感叹：时间都去哪儿了。

是啊，

时间都去哪儿了，还没好好感受年轻，就老了……

"但是我不认老，我可以和外孙一样，努力保

持年轻的心！"

　　小小就是我的妈妈。许是当年外婆给妈妈取名时，希望妈妈将来的生活里充满小小的幸福，幸福中蕴含小小的期待吧。

　　每当妈妈谈起她的年少往事，谈起我的年幼辰光，谈及大家未知的将来，她的眼神里总是透着一种对昔日无限眷恋和对他日无比憧憬的光芒。妈妈那代人，既有"文革"时期的感受，也有改革开放时期的节奏，他们是一批体味双重历史时期的见证人。

　　每个妈妈都是有故事的人。我并不打算用多么华丽的辞藻来抒写我母亲的故事，只想通过最朴实的笔触，最真诚的情感，在文字中追忆父母这代人少年时的纯真和梦想，在文字中品味他们所经历的艰辛、苦痛和快乐。希望能给所有阅文的读者们带来幸福的回忆和感悟。

幸福就像花期　　开到荼靡
思绪留在秋天　　慢慢回忆
花瓣散落一地　　鲜艳未去
把它做成书签　　藏入日记

本文曾获浙江工商职院征文特等奖，2021年宁波市优秀故事奖（银奖）。

孕路书香伴

　　日历又翻到了新的一页，这一页对我和我的家人而言有着特别的意义。我腹中孕育的小宝宝将来到人世间，我们将拥有一份属于自己的收获。

　　回顾孕育宝宝的点滴岁月，可以说是书香相伴。都说孕妈妈需要静养，养心莫如静心，静心不如读书。然而，刚怀宝宝的头四个月，我的早孕反应剧烈得紧，头晕、恶心，浑身无力，日复一日，让我倍感做妈妈的艰辛，因此也就没在意孕妈妈们常津津乐道的胎教工程。我只是觉得，也许看书是个让我转移注意力的好方法，乘此也可以随心所欲地把平时没时间看而又想看的书看个够。读史使人明智，而历史一直是我喜欢的阅读主题。于是我便上学校图书馆，满足地借到了红极一时，而自己却一直未曾阅读的《明朝那些事儿》。

　　历史是复杂而深刻的，而作者当年明月却把《明史》讲得风趣幽默又通俗易懂，他以史料为基础，加入了小说的笔法，对明朝十七帝以及其他王公权贵和小人物的命运进行全景展示，可以说一到七本，本本精彩。其中，许多篇章感人至深，许多人物故事挥之不去。且不说骁勇善战的开国皇帝朱元璋，且不说"靖难"崛起的朱棣，且不说土木堡受辱的朱祁镇等帝王，但只看历经千难万险七下西洋的郑和，开创了心学派、倡导"知行合一"的王守仁，力擒倭寇智慧用兵的戚继光，一条鞭法权倾天下的张居正，不得不令人掩卷而叹。每每看到自己喜欢的历史人物与世长辞，我便不自觉地吟唱起电视连续剧《三国演义》的片尾曲《历史的天空》来——"黯淡了刀光剑影，远去了鼓角争鸣，眼前飞扬着一个个鲜活的面容……岁月啊，你带不走那一串串熟悉的姓名……"

纵然每一个英雄都已湮没在历史的荒城古道中，却让我这个正孕育新生命的准妈妈心潮澎湃不已。此外，一些女性形象的展示同样精彩：母仪天下的马皇后，痴痴等待夫君归来的钱皇后，以及对爱情忠贞不渝的王翠翘……

有趣的是，看完七本《明朝那些事儿》，不适的早孕反应也早已随同历史的鼓角争鸣离我远去，但我这个没心没肺的妈咪却不知宝宝是否会看到我读书时脑海中想象的阴险狡诈的权臣政客和刀光剑影的鏖兵战场，希望它将来不会是一个好战分子或者阴谋家，善哉！善哉！嘻嘻~~

孕中期，在一位对国学颇有研究的同事建议下，我的胎教工程正式开始。我开始认真阅读他赠送的绘图本《弟子规》，并尝试着对着书中可爱的插图，和宝宝进行对话。《弟子规》依据至圣先师孔子的教诲编写而成，教导学生为人处世的规范，可谓是人性的基础。它教育孩子如何孝养父母、尊敬师长、诚实守信，如何起居饮食、穿着打扮，如何做事、读书、与人相处，如何面对不良环境，等等。全文仅一千字左右，三字一句，言简意赅，琅琅上口。

胎教应从启发孩子的灵性入手，先天德育，后天才育，德才兼备，国之栋梁。学做人应该从胎教开始。《弟子规》虽然不长，做人的点滴细节几乎全有了，每天午后和晚上，我和宝宝爸都会带着童趣的语调绘声绘色地各诵读一次，宝宝有时候会扑通扑通地动几下，我相信这种心灵体验对孩子的发育是极有好处的，而文章的内容对于我们成人的自身修为，对于我日常的班主任工作和教学也很有裨益。鉴于我是英语老师，我便又找来了英文版《弟子规》，打印成文稿，给孩子诵读，同时也感受自己学生时代时养成的英文朗读习惯，正如弗朗西斯·培根所言，读书足以怡情，足以博彩，足以长才。

假期里，我又读完了不少书籍：宝宝爸力推夏坚勇的历史文化大散文集《湮没的辉煌》。在读到优美隽永的篇章时，我常不禁朗诵起来，展开逶迤绵长的中华文明史卷，云海苍茫，海阔天长，作者铮铮文字的背后深藏着的是缕缕柔情，王朝辉煌陨落的背后是一曲曲生命的赞歌。而我在读"史上最牛历史老师"的《历史是个什么玩意儿》时，感觉是另一番如讲相声般的味道，那是从历史中提炼出的嬉笑怒骂。少年时爸爸给我买的，但一直都没有看过的厚厚六本《孙子兵法（连环画）》，我也终于在宝宝到来之前读完了，颇有久战后得胜归巢的感觉。学心理学的同学送的有关心灵修为的《遇见心想事成的自己》，让我从心底学习坦然面对将来可能遇到的各种事态，积蓄一股属于自己的平静而稳定的能量。六六的《偶得日记 ——孕妈妈开心辞典》，使我和作者共同感受着她初为人母的苦趣与乐趣，让我做好了自己育儿的心理准备。在此，我要特别感谢我的学生们赠送的全彩图《怀孕圣典》让我跟随着作者 ——一位英国产科专家兼母亲了解妊娠每一周发生的变化，并学习准妈妈可能遇到的每一个新问题……

　　书是情感的纽带，沟通的桥梁，它能拉近母子心灵的距离。朱永新教授说："一个人的精神发育史实质上就是一个人的阅读史。"如今，中国台湾的"书香满宝岛"计划，朱永新教授关于"设立国家阅读节"的政协提案，以及目前正如火如荼举行的书香"三八"——"阳光女性·幸福中国"活动都充分显现了读书在社会进步中的重要作用。的确，读书可以引领孩子走进智慧的殿堂，让孩子的心灵长出真、善、美的果实。读书是家庭和谐的最智慧的选择。

　　我的孕路，书香相伴，置身其中，我希望爱

读书的种子从宝宝在妈妈肚子里的时候就开始生根、发芽。在爸爸妈妈的引领下，让我们的小宝贝：

成长路上书相伴，人生途中智慧长。

本文曾获浙江工商职院征文特等奖，宁波市总工会"书香宁波"读书征文二等奖。

拼命三郎和工农兵三号

——闲话我身边的两位平凡职工

拼命三郎——我爸
工农兵三号——我夫

"这是在下极尽所能对我爸与我夫的高度概括，哈哈。"我和妈妈这样聊着……厨房里，妈妈正准备爆炒一个老爸的下酒菜——海苔腰果，我正和刚从幼儿园回来的宝宝过家家做炒蛋。

又到了周五，每逢周末，我和丈夫总会去爸妈家吃饭。江浙一带有这么一句话：小来外婆家，中年丈母家，老来姐妹家。遥想自己小时候，爸爸妈妈和我在外婆家吃饭的情形还历历在目，现在轮到自己唱《回娘家》了。

小时候，曾听爱看京剧的外公给我讲过拼命三郎——石秀的故事。长大一点了，渐渐觉得，做事风风火火却一丝不苟，工作上竭尽全力且不嫌脏累的老爸挺符合石秀的形象，加上爸爸排行老三，因此我就给他起了个外号——"拼命三郎"。

小时候，也听老爸说过，宁波曾有条叫"工农兵三号"的轮船，速度奇慢，虽不曾亲身感受，但相信应该能与我夫的速度像媲美。身边有这两位"3"字头的爷们儿，我总不免感叹冥冥之中命运的奇趣安排与缘分的妙不可言。

我爸

和我们"80后"一代在宁谧安逸的校园里长大不同，爸爸那代人经历的是轰轰烈烈的学工学农、经历过争当红卫兵的"文革"岁月。18 岁的他从一名普普通通的泥瓦工做起，而后因为做事效率高，反应快，成了单位里的司机，因为表现突出，早早加入了共产党。有趣的是，急性子的爸爸和慢性子的舅舅成为至交。舅舅后来成为爸爸的婚姻介绍人，多年后他也成为甬城施工预算的专家之一，只是早年他一大突出贡献就是成功地"预算"了爸爸，并把自己亲妹妹介绍给了他。后来，又因为爸爸口才好，笔杆子硬，单位里让他担任通讯员，继而他又进入工会工作，搞政工，出单位板

报、写美术字横幅，随着年岁和阅历的增长，他又担任了单位工会主席，在 20 世纪末企业改制后，进入某装饰公司担任项目经理，回归了本行。

当时，老爸深感随着时代的进步，知识的折旧与翻新速度太快，毅然决定报考成人高考，提升自己的学历和理论业务水平。在当时，参加成人高考的单位职工还为数甚少，像老爸那样上了年纪的考生自然更少。老爸常常利用午休时间看教材，解习题。在上辅导班时，老爸一有问题就请教班上和我年龄差不多的同班同学，做了一本本厚厚的笔记。老爸的大学在湖南，当时可还没有今天的高铁和动车，需要坐 16 个小时的长途车才能到达目的地。早年开车时他落下容易"闪腰"的毛病，这样长时间坐车对他的腰是一个极大的考验，但他咬牙挺过来了。三年后，老爸终于如愿拿到了大专文凭，圆了他的大学梦。在担任项目经理期间，老爸又先后报考了监理工程师，一级、二级建造师，每次他都几乎是考场上年龄最大的考生，但每次他都顺利通过了考试，让他那些和我一般大小的同学们汗颜。

　　毫不夸张地说，老爸"走过三关六码头，吃过奉化芋艿头"，是地地道道的甬城通，真真正正的老江湖，凡事都有点小技能的"万金油"，是英语中当之无愧的"handy man"。

　　老爸是个热心肠，也是个直肠子。家里隔三差五常有人来串门，有事相求的，爸爸总是知无不言，言无不尽；来探讨三观的，爸爸也会待客人如亲人般谆谆教导："今天不努力工作，明天努力找工作。年轻人要不怕累，不怕苦。"滔滔不绝，气贯长虹。平时，老爸也常这么教导我，搞得现在和我同一办公室的天天叨念小宝贝、花衣裳、淘宝网的姐妹们相比，我就是——被她们戏称为"摩羯座+A 型血"的典型代表——workaholic（工作狂）。在她们面前，我总是极力否认。但事实上，即便我属于这一类型的教师，想必也是老爸多年的言传身教所致。

　　爸爸常说，"你爷爷在我三岁的时候就去世了，阿拉是从小都没有感受过父爱。当时你奶奶三个孩子，啥都不管我们的，大伙儿能好好活着就不错

35

了"。所以爸爸把他全部的父爱，毫无参照版本的父爱都给了我。

妈妈常回忆说，还在襁褓中的我总不免半夜闹腾，当时总是爸爸在数九寒天，半夜三更起来，点起小小的酒精炉给我冲调米糊。那会儿我们住的是老房，纸头拉的平顶呼呼起伏，冬日里盖上十斤重的被子仍觉冷飕飕睡不舒服，咪咪小的我吃饱喝足就心满意足地睡去了，苦了爸爸第二天一大早还要打起十二分精神去上班。

在我二十年的求学生涯里，爸爸总是以他"三郎"的速度和准则要求我——"阿囡啊，好出去走走了，别老坐着看书；好让眼睛休息下了，别老对着电脑；好把自己书桌理一理了，你看你阿爸把屋子整得多干净……"闲暇时的爸爸不是勤快地整理屋子，就是坐下来传授给我他宝贵的处事思想和人生感悟。有时候，我听着腻了，就做各种诸如"行了行了"之类的无奈状，爸爸也不生气，语重心长地说："因为你是我囡，所以阿爸才和你说，你阿爸这辈子吃的苦不计其数，和你说这个，就是希望

你少走弯路……" 刚上大学那会儿，我心想，终于可以摆脱频频念紧箍咒的唐僧了，可是过不多久就开始不由自主地怀念起唐僧来。所以在大学里，和爸爸通电话时，爸爸的话语反倒成了当时极为受用的、温暖我内心的心灵鸡汤。

爸爸一直有个不断在更新的心愿，就是让家人住上好房子。年轻时，自己精心设计，并盖了属于自己的楼房。后来，看着其他亲友都因房屋拆迁而搬进了新房，自己家缺岿然不动，爸爸也努力了一把，弄了一套仅有 28 平方米的五层楼房。在这个小屋里，爸爸将这套小麻雀房，设计得"五脏俱全"；也将阳台精心布置了一番，变成我的书房兼卧室，我也在那发愤图强，度过了难忘的初中生活。随后，爸爸又将此小屋换成了 80 平方米的七楼房，当时没有电梯，房子虽然大了，但走楼梯颇费周折。爸爸考虑到妈妈的身体状况，腿上有风湿，就想办法将房子换成了同样面积的三楼房，在此期间，我度过了我七年的大学生活，并在那举行了"出嫁典礼"。

后来，我做了孕妈妈，爸爸认为和女儿住得近一点为宜，就从原本自己已经熟识了五十年的江东区搬到了海曙区。爸爸说得很实际，"女儿女婿，现在总有你们需要我们帮忙的时候；等到我们年纪大了，就需要你们帮忙了。将来的孩子可要负责六个大人呢。"我听着有点硬气，但句句在理。

每每老爸疲于工作，或是要参加各种他自己选择的考试时，妈妈总是心疼不已，看着爸爸的头发日渐花白，越来越少，妈妈总是想做点好吃的给他补补身体。"蛏子补肾、腰果补肾，多吃点儿。""没事，只要抿上一口好酒就行。"

爸爸人生的最大爱好就是喝酒，生于江南的爸爸骨子里却是北方爷们的豪爽和干练。他常邀他的知己好友来家做客，聊聊政坛要事，传递每日新闻。爸爸的另一大爱好，就是看《新闻联播》，每晚七点整，就会雷打不动地坐在电视机前看。他还为此作了一首打油诗：

高高兴兴上班，平平安安回家，聊聊咱的中国梦，舒舒服服看联播。

我夫

我夫大元总是一副不修边幅、没心没肺的样子，一件棉毛衫能穿得千疮百孔。

我说，你可以换件新的了。他说，阿拉学老前辈艰苦朴素，哈哈。

我说："嫁给你啊，没什么赚的，唯一一点本小姐还满意的，就是你乐呵呵的生活态度。""那是，及时行乐，哈哈。"

大元属于第一批自主就业的大学生，一毕业就进入通信行业供职，许是当年单位领导看着他一副慈眉善目、笑呵呵好脾气的样子，正好符合该行业勤勤恳恳，细致细心的工作要求吧，这位 20 世纪的"老浙大"在单位里兢兢业业一干就是十多年，从没跳过槽，不知不觉就成了忠心耿耿的老职工的形象代表。当年的学宝（因为学霸还谈不上），如今唯一的用"文"之地就是替他妻改改各类用途的翰墨而已。

如果说，爸爸的那个速度总让我"赶不上"，

那么大元就是个让我"拖不动"的"工农兵三号"。记得我俩的终身大事被提上日程后，大元和我都准备悉心装扮一番属于自己的小天地，但我俩平日里都是朝九晚五的上班族，只能抽空在周末跑跑装修市场和团购会。在设计图纸经过多次的改版、否定、修改、再改版后，最终的设计方案才被敲定。从事建筑装饰行业多年的爸爸见大元这般速度，担心耽搁婚期，就说："大元，时间上要抓紧，有困难找阿爸，知道吗？""好的，爸爸，我知道了""好的，好，我知道了。"大元的妈妈和我爸爸都是热心肠急性子的父母，每一次看到他拿着电话筒把微笑定格，毕恭毕敬地重复上述回答时，我就知道不是和爸爸汇报进度，就是在婆婆那里交差。大元表面一副事无巨细皆淡然的样子，事实上却是尽可能亲力亲为，工作和装修皆是如此。当然，我俩精心打造的"窝窝头"如期完工。

当婚礼进行曲郑重奏响时，当老爸挺着他一贯笔直的腰板，肃然将我领向大元时，我却在想一个挺奇葩的问题：从小被"拼命三郎"催惯的我，不

知能否真心惬意地坐上"工农兵三号",驶向光明的远方……

婚后的日子是悠闲的,有一次,我指着报纸上自己发表的文章,在大元面前炫耀,"阿拉大作又发表啦,厉害吧,嘻嘻。"大元扭头也在报纸堆里搜出一张,对我说,"阿拉大作也发表啦,哈哈。"我拿来一看,上面写着"中国联通系统升级公告"云云。这是大元写的单位通告,但这也意味着他一个月总有那么一两次的夜班又将来临,他的夜班常常是晚上九十点钟出发,凌晨四五点钟才回来。"晚上我不在,门窗记得关好,早点睡觉。"大元像爸爸一样地嘱托我,"知道啦,做你的'大姨爸'去吧。"说着,我将一块德芙巧克力塞进他兜里。参照女生"大姨妈",我就 parody 一把,造了个词儿——"大姨爸"送给他。

走之前,他把我放在钢琴上一块"请勿触摸"的牌子拿起来,放在茶几上一堆我的宝贝零食上。"请勿触摸"是我当时为了杜绝来我家串门时不洗手、不经同意就肆意爬上钢琴的小调皮们的自制牌，却成了他告诫我抵制零食的警示牌，让我真没好气又好笑。

一年后，小元元出世了。时光荏苒，现在小家伙已三岁半了，长势喜人呐！这让原本慢吞吞生活的大元骤然加快了生活节奏：速度洗澡穿衣，不然冻着了；速度洗手吃饭，不然幼儿园迟到了……却让原本生活节奏如"飞毛腿"一般的老爸耐下了性子——下班后，优哉游哉地陪外孙玩"嗾嗾板"（滑梯），玩"寻幽猫"（捉迷藏）。当然，大元单位仍然安排有每个月的"大姨爸"。鉴于外婆和奶奶的睡眠质量都欠佳，我们尽力自己照看孩子。一周岁之后，孩子断奶，晚上基本是大元起来带孩子。在这种情况下，大元的晚班俨然成为我的大包袱。

今晚夜班。

什么时候回？

应该快的，两三点钟吧。

小元元呢，偏偏是在他爸夜班的时候状况特别多，一会儿闹脾气了，一会儿要喝奶了，睡着了还动个不停，不是狗刨式地将小屁屁撅起来，就是将性感的小肚脐眼儿露在外面，或是干脆将两条白花花的大腿伸出来，肆意地写个"大"字。搞定了小元元的我又无法如大元一样一躺下就睡着……

结果第二天天蒙蒙亮，大元他们才收工。"慢工出细活"他解释着。可还有教学任务的我困得真想找两根牙签把眼皮撑起来。"讨厌的夜班，你能不能推掉呢？"我在他面前嘟囔起来。他说："单位里懂这一块的人，哎，走掉的还真不少，好像就只有我在了……辛苦啊，老婆大人，嘿嘿……"说着，就从兜里拿出他在"老婆大人"零食铺子里买的各类小点心来贿赂我：燕麦巧克力、京味茯苓饼、额吉奶片，数量不多，品种各异，当然，这只不过是要将我的不满扼杀在摇篮里的小把戏而已，哈哈。

老爸和老公

老爸和老公都是擅长做菜的"煮夫"，买、汰、烧，全能。老爸擅长急火快炒 ——西芹百合、玉米虾仁；大元擅长慢火炖煨 ——烤牛肉、乌骨鸡炖蘑菇。老爸喜欢大块吃鱼，大口喝酒；大元喜欢大块吃肉，不常喝酒。于是老爸常嘱托妈妈做好吃的红烧肉，大元也常陪老爸喝一小盅酒，和老丈人"对注注"（宁波人形容二人喝酒做伴）。五点下班的老爸总是会觉得肚子饿，因而妈妈总是在五点准时开饭；但每周五，饿着肚子也不愿吃一口零食垫肚子的老爸总是等着六点下班到家的大元，然后才痛快地喊"开饭咯"。

开饭咯，此时，每周咱家的职工思想大讨论也开始了：

50后的爸妈，70后的大元，80后的我，

畅谈着加薪、升职、充电与生活；

平凡真诚的心愿在中国梦里寄托；

用智慧和双手铸就温暖美丽的家园。

记得小时候，在外婆家聚餐时，吃长素的外婆总是将筷子掉个头，将专程买来的白斩鸡夹上一大块给辛苦工作回来的爸爸吃，现在爸爸也常用同样

的法子夹起好菜给大元吃。爸爸需要网上买 U 盘、手机充电器等以方便工作，大元总是第一时间给爸爸办到，绝不耽搁，他常笑言，老爸要的就是一个字——快。

有一年暑假，我在西安出差时不慎左髌骨骨折，整条腿都打上了石膏。为了避免受伤部位移位加重伤情，大元赶忙飞来西安，给我买轮椅，联系航空公司换座位……一路护送我回家。而爸爸还正忙着单位工地的收尾工作，只好全程电话调控，嘱托不断。

到家后的四个月里，平日腿脚灵便的我着实难以忍受这种自由霎时被剥夺的日子，吃东西不能随手去拿，上个洗手间仿佛远在天涯……处处都得靠大元帮忙。因此，原本胖胖的"弥勒佛"，虽然德芙巧克力照吃不误，却也苗条了不少。

四个月后，我重新站起，有一次老爸来看我，

我大呼：生命诚可贵，爱情价更高，若为自由故，两者皆可抛。

老爸道：没有大元在，家也不能到，能上班

就好！

我说：老爸一直把工作看得最重要！

大元也接了一句：只要你过得比我好。

顿时，我的心花喜滋滋地开放了……

尾声

前一阵子，我市征集职工精神口号，我饶有兴趣地以此二人的"勇者无惧"和"笑对人生"为蓝本，写了"勇拓港城八方路，笑书三江新诗篇"这句口号，成功入围。我相信，他们俩正是许许多多爱岗爱家的父亲和丈夫的缩影。

给孩子洗一次尿布，给家人做一顿饭菜，给母亲去一次电话，这是网上最新给幸福男人下的定义。而我身边的两个大男人，每天都幸福着。下了班，爸爸总是标榜自己是"家庭110"，凡是家里出现大大小小的状况，他总能第一时间解决。小时候，我曾给爸爸做过一个"家庭积极分子"的奖状。2012年，我自己也很荣幸地被我们学校评了事业家庭兼顾奖，希望小元元以后也能给他爸爸做一张，给他外公嘛，也做一张，姑且就将它起名为"事业家庭兼顾 ——终身成就奖"！

本文曾获 2014 年宁波市总工会"争当好职工，奉献中国梦"征文二等奖。

祖母的身影

——谨以此篇
追忆祖母以及那回不去的流年

高朋满座贺九旬，任我逍遥启颐年。

爷爷姓任，奶奶姓高，这是我在奶奶九十岁寿辰时给她老人家写的对联。

小的时候，觉得奶奶相貌平平，名字平平。

奶奶名唤"珠娣"，类似招娣之类的名字，估计是先祖对男孩的期待。

长大后，觉得奶奶越活越洋气。

崎岖不平的门牙光荣下岗后，她安上了平整的假牙；一头银发堪比老一辈电影明星田华；拍照时，爸爸给她架上了墨镜，妈妈给她穿上大红袄。

教英语的我出于职业习惯，立马想到奶奶可以名正言顺地拥有自己的英文名——朱迪·福斯特嘛，哈哈。

此刻，凌晨 2:00，我醒来无法入眠，大殓在即，满脑子却是那个熟悉的身影——

那个挥之不去地承载着我满满回忆的身影；那

个从我三个月大开始带我的身影；那个想多赚几个外快，在我幼儿园时晚接了我几分钟却被小小的我埋怨的身影；那个催促磨磨唧唧的我快快洗澡，并把脸盆、毛巾、水样样准备齐全的身影；那个为我准备午餐，哪怕只有咸鸭蛋和菜蕨干汤，也让我吃得津津有味的身影；那个在酷暑的中午干完了所有活儿，都要浇个身（洗澡）的身影；那个带着我和堂哥在河埠头后边的小山坡采马兰的身影……

那时，才是真正的阳光灿烂，才叫真正的春光无限。

可惜我们都得成长，得背负起接踵而至的琐事杂活儿，而仿佛只有这身影永远吃得香、睡得畅，是我们生活上的榜样。

那便是我的奶奶，宁波人唤作阿娘。

阿娘常说我是她的小囡（小女儿）。

又是一年岁末，阿娘的胆囊炎发作。

我总觉得，阿娘这次总归还像以往一样，是老毛病，瞌个药，睡一觉，就会好的。只是她这一睡

就再也没有醒过来……

父辈们整阿娘的遗物时，翻出她给我们孙辈们的孩子们——也就是第四代的孩子们，早早准备好的过年的红包。在我们吊唁时，尽数分发给了我们，阿娘啊……

我从小和父母、阿娘同住，直至我上初一。当时，我随父母迁往新房，她小孩子般哭了，说三个月养大的娃要离开她了。

随后，天性无忧的阿娘也习惯了一个人住，无论是华严街出名的"大华嫂"，（爷爷名叫大华）还是后来黄鹂新村的"4楼阿娘"，她都以她的大嗓门和她的乐呵呵的心态而小有名气。

爷爷早在爸爸四岁时就离世了，我外婆曾评价她这亲家母，像你阿娘这样坚持不改嫁，坚持没有和他弟弟妹妹那样选择去上海的，当真该立个"贞节牌坊"。

也许在有的人的故事里，爱情的成分我们看得不多，但浓浓的亲情却溢于一张张全家福——60

岁、70 岁、80 岁、90 岁。

几乎每张全家福里都能看到一种难得的亲情和福分骄傲地挂在她老人家的脸上，也辐射到我们每个人的身上。

和我天资睿智的外婆相比，阿娘可不懂什么语言交流上的艺术门道。她是那样随性地愿意和我，她唯一的孙女讲大道。

在她那里永远是八卦中心，哥哥们的风月、嬷嬷们的叨叨、新老邻居的家长里短……

老爸曾在阿娘面前背地里批评我，说我老是不化妆。我爸当面批评我，我往往是拒不改正的。

"你阿爸说你老不化妆。"我晕！这几乎是成家后几次看望阿娘时，她必有的圣旨，但，除了主持上台，或是录节目或是公开课，我依然我行我素。

此外，我明明是老爸的子嗣，可阿娘在我面前提及的反而是大伯的事儿比较多，真让我哭笑不得，也许在哥哥们探访她老人家时，她爆料较多的是我老爸的事儿吧。

幼年时，和阿娘钻过一个被窝，听她讲山神

土地、拖黄鱼、媳妇儿当家的故事，说了一遍又一遍，这种机械的倾听仿佛能够开启我奇幻的想象力，也许对我以后的文字之事产生了启蒙。

上小学时，班上大部分孩子都认识我的阿娘，因为她常在雨天给我送雨鞋雨伞，她常探着头在窗外寻找她的小囡。

此外，当时我家住在华严街，每每早饭时，班上路过的小伙伴就进我家门来等我吃完早饭一起上学，人多的时候差不多能占满大半个厅间。这赫赫有名的华严街小主的阿娘，怎会有人不识？

如今我儿子也到了二年级。前不久，奶奶托爸爸给她的小曾孙一个祭灶果红包。儿在爸爸的微信里扯着大嗓门，天真无邪地给老人家语音："谢谢阿太，阿太阿太侬饭吃过伐？"

这是曾祖与最小的曾孙之间的最朴实的通话，也是最后的一次通话。

我上了中学，虽说课业负担重了，但每逢周五下午，我也常去阿娘家自修，或是洗个头，阿娘用盛有开水的茶壶掺了些凉水，给我冲水洗头，当

然，我也帮她洗过好几次，怎一个爽字了得。

然后，然后大学了，读研了，工作了，成家了。

不知何时，去阿娘家次数的计数单位，从天变成了周，从周变成了月，从月变成了年。

前不久，妈妈传话说，阿娘有口无心地埋怨我，连个电话都不给她打。说实话，这学期为了仕途，我忙得常常只睡四五个小时，和睡眠质量高得让我羡慕的阿娘、爸爸哪能相提并论？

我总埋怨他俩没把优良的基因、做科研必备的基因遗传给我。自然，也想当然地认为过几天春节到了，总要面见她老人家的，拖几天和阿娘问好，也无妨。

而这样的信誓旦旦，却只能将阿娘的记忆永远封存起来 ——

去年的春节拜岁，就成了我和阿娘的最后一面。那时，我亲手为阿娘和儿子摄影留念，上传至他们的学校线上平台 ——家有老，是个宝！

只是，

树欲静而风不止，子欲孝而亲不待。

　　我终于发现原来电视剧里那些临终嘱托的场景在我的身上从未发生过 ——爷爷我从不曾见，外婆脑出血，外公弥留之际我骨折卧床，阿娘甚至更快……

　　在课堂上，我和年轻的同学们常随性地聊人生过往，我曾笑言：

　　天若有情天亦老，人若有情死得早。

　　没心没肺，睡得香，心态好的阿娘，潇洒走完了 91 个春秋，然后挥一挥衣袖，连一片云彩也没有带走。

　　可试问这送终队伍里，哪怕是天底下，能有几人能拍拍胸脯说，拥有了这等功夫和潜能。

　　倔强的我坚决不承认，没见阿娘最后一面是一种遗憾。

　　倔强的我坚决认为，灵魂和肉体同样重要。

　　阿娘终究是寿终正寝的喜丧，办白喜事的人，这规矩那规矩。让规矩都见，都见西伯利亚去吧。

　　年少时，阿娘曾拿出一双有精致绣花的寿鞋给我看。"阿囡，这是阿娘要走的时候穿上的鞋子。"

　　这是我第一次聆听长辈正面给我诠释"死亡"。

　　那天晚上，我做梦梦见阿娘走了，号啕大哭一场。

　　而此刻，无数次的泪眼婆娑之后，我有意识地观察她的鞋 ——早不是当年她和我说的那款宝蓝色绣花鞋。

　　生命脆弱，逝者终究是无力的。

　　我，肆无忌惮地亲吻了阿娘冰凉的额头。

　　我曾问班上的大学男生们，会不会和妈妈亲一下抱一下，他们羞答答的回答虽不尽相同，却激发了他们的老师：

　　Seize the day; show love timely.

　　逝者已矣，生者如斯。

　　记住母亲的话，过好每一天。

　　以阿娘为榜样，珍惜生命，活在当下，共勉。

　　　　　　　　本文发表于 2018 年《艺海揽月》。

念，家乡的状元楼

十年寒窗无人问，一朝成名天下知。

千年风雨状元情，蹉跎岁月久弥新。

宁波状元楼，作为老字号中一块闪亮的金字招牌，不仅是正宗甬帮菜的代表，更承载着历代宁波人对家乡的眷恋，对状元文化的传承。

初识状元楼

20 世纪 80 年代初，我还是个垂髫的小娃娃，外公常常带着我坐 2 路车回外婆家，每每途经东门口，路过那门庭建筑风格雅致的状元楼，我便开始标榜，自己认识上面的大字："外公，外公，这是状 —— 元 —— 楼。"

孩子，你可知道其中的来历？我摇摇头，却眨巴着眼睛求外公讲故事。

据说啊，那是乾隆皇帝时建的，也就是两百多年前啦，有两位举人进京赶考，途经我们宁波，就到了这家酒楼。酒酣耳热之际，跑堂送上了一盘

"冰糖甲鱼"。二人品尝后禁不住绝口称妙，问跑堂："这菜什么名儿？"跑堂看他俩一身读书人打扮，一副赶考行头，就随机应变，暗送吉利说："这是'独占鳌头'！"二人讨得了个好彩头，非常开心。事也凑巧，秋季揭榜时，其中一人果然金榜题名高中"状元"。衣锦还乡时，这状元郎提笔挥毫，写下了"状元楼"三字，让店家作招牌。

从此，阿拉宁波状元楼名声大振，生意更加兴隆。外公讲得绘声绘色，我却时不时地幻想着，楼里的菜品一定美味至极吧，一定胜出幼儿园里的饭菜好几倍，这个"状元郎"想必也是个才貌双全、玉树临风的大哥哥。

品味"状元"意

小时候，我常常陪外婆看 CCTV11 戏曲频道，对黄梅戏《女驸马》的经典唱词耳熟能详：

为救李郎离家园，谁料皇榜中状元。

中状元，着红袍，帽插宫花好啊好新鲜……

　　俊美的外形，智慧又传奇的故事，女驸马冯素珍的形象不知不觉间已成为我心中的不朽角色。于是乎，我也梦想着，有朝一日成为像女驸马那样又美又酷又有智慧又有故事的人。

　　彼时，外婆就会端来一盘状元糕，让我和表姐一起分享。我捞起一块，初入口时虽稍稍偏硬，细嚼之下却甘润香甜，对于我俩两头小馋狗而言，绝对没有任何抵抗力！

　　洞房花烛夜，金榜题名时 —— 中国读书人的两大梦想，中状元做驸马，无疑是这两个梦想的最完美的呈现方式。"状元"可以说是中国传统文化中最为闪耀的名词之一。

　　书藏古今，港通天下。今年，我们的家乡 ——文化名城宁波已建成1200周年，文化脉络源远流长，据相关记载，从唐至清，宁波共有进士2483名，状元13名。甬城历代文人荟萃，是中国状元文化史上浓墨重彩的一章。

终尝状元宴

2005 年，我成为家族里第一枚硕士生，于是，我频频回想起小时候心心念念的"状元楼"，想尝尝里面的美味佳肴，还从小到大的小心愿。只可惜，由于宁波旧城改造，那时的状元楼早已被迫拆除，进入冬眠之旅。

直到 2009 年 7 月，状元楼餐馆在和义大道购物中心才重新开业。

状元楼又开起来了，任凭历史变迁，几经沉浮，如今重新出现在了宁波人的视线中。可是后来，我也开始忙种种琐事，带孩子带学生，不曾进店光临。只是偶尔车经和义路时，便会不由自主地像当年和外公对话那样，对当时怀中的娃娃瞎念叨："儿啊，这是状元楼，以后咱也做状元哈！"

而今我已从教 15 年！在我的《大学英语》课堂上，CCTV 制作的中英双语纪录片《八方小吃 —— 宁波》几乎是我的必播小视频，不仅因为其中讲述了"独占鳌头"的状元楼故事，也因为"三百六十

63

行，行行出状元"的千古名言，我也因此常常鼓励同学们在学习道路上、职业道路上，脚踏实地，勤学苦练。因为，"状元"不仅是中国特色文化的一种体现，更蕴含了"成功文化"的力量。这种力量是同学们无论选择哪条路都不可或缺的养分，它其实从古至今就一直引导和激励着人们奋勇前行。

"任老师，我考上研究生了！中国计量大学！第一时间和您分享我的好消息！"

"哇，太棒了燕燕！"

"老师，我想请您和大伙吃个饭，要不，您定个地方，三江口附近可好？"

"那，状元楼好吗，女状元？"

"哈哈哈哈，成！"

微信那头，刚刚考上研究生的学生发来可爱的图，欢呼雀跃的样子，也彻底点亮了我的内心。

我，终于以状元的身份，啊不，以状元师父的身份，走进了我期盼了三十年的状元楼。

状元情怀浓

它，有着 200 多年的历史，它曾"三起三落，六迁店址"。

清一色的红木家具，历代宁波"状元"的画像，状元轿子······

当我走进店堂，浓郁的状元文化便扑面而来。宁波籍著名作家余秋雨创作并题写的"题状元楼"挂在大堂一侧："天下口味因地而异，而味中之味必在物阜市通之处，吾乡宁波正适其选，选中之选则为状元楼也！"

而在状元楼的大厅和包厢里，都装点着名人名家精品书画，笔力遒劲，无处不彰显着老字号餐馆的荣光。

谢师宴的菜品端上桌了：无论是主打的冰糖甲鱼，还是学生们特地为我点的大汤黄鱼，无论是浓酱入味的锅烧河鳗，还是香糯可口，久负盛名的状元糕、猪油汤团，都是品质上乘，口味和颜值满满在线。

果然是：状元文化，甬菜经典；匠心传承，还

原本鲜。

"Cheers！"与学生们觥筹交错间，我突然想，作为状元文化延伸的一个载体，状元楼之所以深深烙印在历代宁波人的记忆中，离不开历代传承人在弘扬状元精神和传承宁波菜烹饪技艺上所付出的恒久而不懈的努力。

而今，我每次有出差的机会，几乎都会搜索当地的美食排行榜，找找当地可有"状元楼"。到目前为止，我去过山东潍坊的状元楼酒店、上海的状元楼、南京的状元楼酒店，今年暑假又去了湖州的状元楼，当我品尝到其中一系列的状元菜品：状元神仙鸡、一品状元甲、菠菜状元球时，我不禁又怀念起了家乡的味道……

尽管岁月蹉跎，但传承延绵的甬城文化，总是凝聚着宁波人民太多的情怀。

状元楼于我而言，就是一种情怀。

情怀是骨子里的东西，是一个人发自内心的热爱，是对美好事物的憧憬和向往。

多年以后，那些我们经历过的，失去的，逝

去的，未曾得到的，所拥有过的，都在我们心中沉淀。我深深地感到，把这些放置在内心最深处时，可以研磨出一种岁月的冷香，温暖日月里的过往。

　　本文获 2022 年全国品牌故事大赛征文类二等奖；宁波品牌升级研究基地"分享消费快乐，讲好品牌故事"主题征文比赛一等奖。

信

给孩子们的信

信件一：致我亲爱的儿

恺恺尔乐，泽被家国。

这是爸爸妈妈对你名字的定义。

恺泽也是 Caesar 的另一种英译。

日后你会感受父母对你的期许。

2017 的这个秋天你将成为一枚小学生，正式
开始全日制学习，

爸爸妈妈老师同学都会共同陪伴你，

妈妈希望你获取大学问，改掉小陋习，

为自己美好的将来而不懈努力，

十岁了，继续加油！

2017. 4. 9

信件二：致我的"孩子们"

孩子们好，毕业了，记得常回家看看。

2008 年的夏天，我第一次有了一种当"妈妈"

的感觉，因为你们的来临：从那时起，我不仅要关注大家的学习，还要关注你们的生活起居，一切的一切都从大家进校的军训忆起。

如果说母校是承载同学们青春记忆的家，那么大操场一定是大家青春梦想开始的地方。在这片绿地上，大家开始军训、看迎新晚会和参加校运会。

军训时，大家不畏烈日，风雨无惧，坚持到底；校运会时大家披荆斩棘，集体的凝聚力使我们在学期末赢得了"优秀团支部"的光荣称号。

大家还记得吗？我带的国商 0861、0862 是两个女生占了绝大多数的班集体，女孩子们大多能管好自己，但队伍中常常是那些"蓝孩纸"不守规矩：记忆中，年轻气盛的我曾经把还在睡梦中的 C 超从被窝中奋力拉起，因为旷操和旷课的次数已让我们班级的分数大大垫底；为了帮助一个濒临"最差寝室"的寝室及时脱贫，为师也曾拿起扫把抹布和大家一起扫扫洗洗。

时光荏苒，同学们毕业已近十年，你们也开始为人父母，在朋友圈晒起了自己宝贝的饮食起居。

机电 1741 班的各位帅哥们好，和大家的缘分也从这大操场记叙起，和国商班比，接管大家真是彻底把牌洗，全班没有一女，我曾笑言自己带了个"和尚班"。

而这波意气风发的少年和尚虽常常调皮——屡屡完美地躲过教官的各种规矩，但给予老师的种种温暖却让我感叹不已。与其说我是负责管教大家的"小妈妈"，倒不如说是从你们那"收获"了不少的小姐姐：第一次从你们那里学会了使用共享单车；第一次和你们 K 歌时，领略什么是抖音神曲，第一次学会了正儿八经打台球，第一次感受到了当班主任还能这么神闲气定。

如果说母校是大家的家，那么这大礼堂，将是见证大家人生新梦想起航的地方。三年里大家坐在这舞台前观看了无数精彩的表演：街舞、合唱、话剧；三年后，同学们在这里经历人生中重要的时刻——毕业典礼。

但是今年，突如其来的疫情，打乱了既定的计划和节奏，毕业典礼不得不线上线下同步进行，但学校 106 年历史上首次云上毕业典礼，隆重依然、温情依然、感怀依然。

当我听到周校长讲话报到大家名字时，我内心的欣慰感油然而起："郭远航同学图书借阅量在 80 册以上，蒋铭同学累计献血 1300cc……"，当我看到容韵给爸爸妈妈献花，很有担当地帮几度哽咽的父亲接了要说的话，我真心觉得大家好优秀，大家在长大！

"老师，你的英语课是我们大学里最喜欢的课程"，当我收到了同学们诚意满满的毕业礼物时，我的内心幸福感四溢。

此时此刻，作为大家曾经的班主任和曾经的大学英语老师，我仍希望大家记住 "We have a common dream"：

坚守梦想，勇往直前。未来的路很长，我们所处的时代，给每一个人广阔的天空和充足的机会去播种梦想，梦想不分大小、不计长短、不论成败，也许你的梦想很平凡，但只要有梦想，你们就会让自己的人生变得无限可能。

　　不畏挫折，砥砺前行。人生的魅力就在于我们的未来充满了不确定性，我们无法在二十岁的年纪设定一生的程序，大家在求职、求学和工作中，甚至整个人生中，一定会碰到困难和挫折，当你们遭遇困难、挫折甚至失败时，不要胆怯，不要因此丧失了再出发、再前行的勇气。习近平总书记说过："奋斗是青春最亮丽的底色。"①

　　"愿千帆过尽，归来仍是少年。"就如周校长和我们大家说的，前路漫漫，各自珍重，但无论晴雨，请大家记住，母校是我们共同的家园，希望大家经常回家。

　　本文入选 2020 浙江省交通集团家文化优秀家书，部分影像和文字资料由浙江工商职院官网、校办等授权使用。

────────────

① 选自习近平总书记在庆祝中国共产主义青年团成立 100 周年大会上的讲话。

咏古今甬人情

悠

游

悠游介甫①府

---

① 介甫：王安石，字介甫，本文取材于《邵氏闻见录》卷十一中的《王安石辞妾》。

　　陪领导吃饭应算得上是一大恩典。安拓上位第二把手后，各种饭局接踵而至，隔三岔五上菜山下酒海。然最令他无奈的就是喝酒，伴随着大领导重复着的三大关键词"欢迎、感谢、再来"，面前酒杯里也黄白红变换着颜色，这钢筋不醉之身并非一朝一夕便可练就。一顿饭局，犹如一次战场，考验着一个人的肠胃、心肝肺，考验着一个人承受力。

　　星期五晚上的月亮似乎格外的亮，不知道揭开云纱的月亮婆婆是不是要将所有的人间冷暖、是是非非看个究竟。绿城大学来了几位上头来评估的领导，接校方旨意，文学院副院长安拓正随同来宾饭后在梨花皇宫 KTV 唱歌。江南一带有这样一个段子：二十七八，整装待发；三十七八，等待提拔；四十七八，飞黄腾达；五十七八，垂死挣扎；六十七八，死蟹一只。安拓正值男人一枝花的年纪，加之玉树临风，满腹文章，深得校长赏识。他自然也带着有准备的头脑期待着提拔。"来来来，

安院长，你的歌，你的歌。"安拓为了助助兴，点了首流行歌曲开唱：

一千年以后
所有人都遗忘了我
那时红色黄昏的沙漠
能有谁 解开缠绕千年的寂寞
……

　　歌声缥缈，觥筹交错，啤酒瓶已有了一支保龄球的队伍，谁知突然，妈妈桑领出了一队小姐，说一人一个。安拓开始有些紧张，之前看电视里说某某官员受到了这样的诱惑，一直觉得没什么大不了的，还想说这人自制力差。这回真的发生在自己身上，看着其他人喝酒说笑逗乐，上下其手。他着实不知该如何自处，心情久久不能平复，他只对坐在他身边的"小莲"浅浅一笑，便离席第一次积极主动地拿起啤酒瓶咕噜噜倒进嘴里，一瓶又一瓶，渐渐地，他听不到阵阵 K 歌声，听不到妻子打来的手

机声，更听不到领导的"欢迎，感谢，再来"……

过了良久，安拓才缓缓醒过来，他躺在自家的大床上，头晕仍然没有退去。不对，这怎么感觉和家里不大一样呢？安拓一抬眼，床上吊着青纱帐幔，衾褥也十分朴素，全然不是结婚时丈母娘准备的博洋家纺十件套。他立刻起身，发现自己置身在一间古朴的书屋中，雪洞一般，一色玩器全无，唯一看得上眼的应算是眼前这张花梨大理石案，案上擦着各种名人法帖，一方宝砚，一只竹制大笔筒，内插的笔如小树林一般。那一边设着一个汝窑小花瓶，插着数朵白月季。他走至西墙，上面挂着两幅图：一幅雪梅图，其诗云：

> 墙角数枝梅，凌寒独自开。
> 遥知不是雪，为有暗香来。

另一幅不曾题诗，上面画着了一只白鹭悠闲于一池青莲旁，画质素雅不淡、画面清辉不娇，却让人顿觉灵魂震荡、心绪轻扬，安拓不禁叹曰：

"水静清风来，莲洁鹭自在。好一幅'一路清廉'呐！"他走到东墙，上面竟是一首他最喜欢的词，笔力遒劲，气场非凡：

自古帝王州，郁郁葱葱佳气浮。四百年来成一梦，堪愁，晋代衣冠成古丘。

绕水恣行游，上尽层楼更上楼。往事悠悠君莫问，回头，槛外长江空自流。

安拓正赞叹间，门开了，从屋外进来一女子。只见那女子发髻高绾，上插一支碧玉簪，身穿锦缎华服，正值妙龄，面容姣好，好像歌厅里的那位"小莲"。她伸出纤纤玉手，轻轻给安拓揉肩捶背，安拓突然从椅子上起身，大吃一惊，严肃地问道："你是谁？"那女子立马收手，羞答答地看着安拓，仿佛在揣测什么，表情异常复杂。"妾身，妾身……妾身名唤小莲，乃是一军将之妾，只因妾身官人在一次押送军粮时在河里翻了船，损失惨重，家产全部没查后还差九十万钱。若能如数交钱，官

人便可释放……妾身寻夫心切，又无良策，万般无奈，才愿卖身。"说到此处，小莲不免潸然泪下。"是谁把你买来的？""是夫人带我来的，说让我好好服饰老爷，她说老爷可是个大好人……"听完后，安拓命她回到自己住处安歇，自己则思索该如何处之。

　　送走了女子，他回到案边的楠木圈椅上坐下，揉了揉太阳穴，努力回想起之前的情形……

　　他走到一衣箱旁，发现上面放着一顶古代长翅官帽。想起方才见的《雪梅图》、读到的《南乡子》，立马联想到《寻秦记》里的项少龙，脑海里蹦出个让他自己都觉得不可思议的词——"穿越"，难道，难道……于是，安拓立即命人将小莲送回家，并且钱尽数还她。小莲连连下拜道万福，随后欢欢喜喜地与夫君团圆去了。

　　"小萍，小萍"安拓大喊妻子的名字，"来啦，官人……"小萍进屋后，她这身打扮竟把安拓怔住了。小萍本就明眸如水，绿鬓如云，今日高高梳起个飞仙髻，配了一朵珊瑚珠花，上身直披一件大袖纱罗衫，一袭紫罗兰缎面长裙拖地，手拿一把烟岚色轻罗小扇，一改平常的职业女性形象，安拓觉得老婆打扮又特别又漂亮，明艳不可方物，不禁问道，"小萍，你，怎么回事啊？"

"我这不是为你好啊！自打我们进京，我见京师里大官们生活奢华，几房妻室乃是常事，若无一二妾，人家会另眼相看的。我见你日理万机，很是劳累，就私自做主，派人给你买了一个。""小萍，我有你一个就够了，你可别再给我张罗了啊……"

…………

"我一个就够了？你还想要几个啊？做什么春秋大梦呢……"小萍没好气地嚷嚷起来，"昨天小贝小宋把你抬回来的，这么大个人了，都不知道适可而止，吐得一塌糊涂……"安拓揉了揉依然发胀的太阳穴，自己躺在舒适的被褥里，一抬头便看到卧室西墙上那张放大的自己和妻子、女儿嘟嘟一起在苏堤浮萍边上的合影。确定一定以及肯定，是在自己的家里，"我头也洗好，地也拖好，中饭也做

好，某人还在睡觉觉"边上飘来小萍的阵阵发香，和絮絮叨叨："自己胃要当心啊。"安拓牵起小萍的手，笑答道，"遵命，老婆大人。"

安拓慢慢起身，之前的梦事忘记大半，但那画，却始终在眼前浮现，那一池清莲仿佛开了一世又一世，清香依然；仿佛在不停地穿越着时光，演绎着人生的真谛，安拓坐上自己心爱的楠木圈椅，提笔写下了一首小诗：

戒酒戒色戒贪欲，
爱己爱妻爱儿女，
一路清廉（莲）诚可贵，
此身浮萍总相随。

本文入选 2018 年中国民协选编的《庆祝改革开放 40 周年——全国民间文艺作品集——民间故事选集》，并评为优秀作品。

庚子书签

庚子书签的传说

相传，伏羲女娲在昆仑护佑天地时曾预言人间每隔六十载的庚子年将灾难更迭，遂将一套五色黄金檀木书签传于民间。当五色书签并存之日，国泰民安，盛世华年，故事由此开篇：

第一枚书签现于公元 640 年（唐贞观十四年）的明州^①——一个名唤阿福的小娃娃家。

阿福的爷爷是江南吴越一代著名的药师，阿福从小就是在爷爷药铺温雅恬淡的药香中长大的。

她喜欢仰着头望一格一格整齐的中药抽屉，闻各色各样的草药；喜欢看爷爷神情严肃地给客人号脉、写方子；喜欢看奶奶拿着小秤杆儿，精细地称每一味药材，然后小心翼翼地用牛皮纸包好，送到客人手中。

---

① 今宁波。

一日，阿福刚学了爷爷所传授的四君子汤歌诀：

"四君子汤中和义，参术茯苓甘草比，

益以夏陈名六君，祛痰补益气虚饵……"

君子之首乃是人参，阿福不过垂髫年纪，只认得个"人"字。

此刻她正思忖着人参长何等模样，遂沿抽屉标签，逐个找起来……

底下一两排倒是方便，够得着，可越往上越瞧不清楚。阿福见长辈们都各自忙碌，便独自吭哧吭哧搬来竹梯，沿阶一格格摸爬上去。

临近柜顶，阿福终是找到了那个看上去像"人参"字样的标签。她伸出一只小胖手，使劲儿拉开抽屉，一股提神的清香扑面而来。阿福拿出一根人参，黄白色的外衣，悉悉碎碎的细须，粗看似个纺锤，细看却像极了个小人。

"找到了！"阿福雀跃至极，想扭头和爷爷分享她的至宝时，却忘了自己是站在了高高的竹梯上。

"唉呀"，她一个趔趄，头朝下就往下掉。

　　幸亏爷爷离得近，一把丢掉手里的药，抱住了阿福。

　　哎呀，阿囡啊，你这个胖墩墩，吓死阿爷了。

　　但见阿福没有任何磕碰，却躺在爷爷怀里一动不动，松散了侧髻，昏厥过去。

　　爷爷颇有经验，知道孩子定是年幼，受到惊吓一时休克，于是他赶忙用食指按住阿福唇上的人中穴。

　　随后爷爷又取来一片做工考究的小木片，在阿福鼻底，轻放了数十秒钟。

　　过不多久，阿福终于缓缓醒过来。

　　阿爷，囡囡怕怕，囡囡不敢了。

　　阿福红扑扑的小脸上，豆大的汗珠沿脸颊滚下来，长长的睫毛早已被恐惧的泪珠彻底攻占，只是手里还紧紧捏着刚刚找到的那株小人参。

　　阿爷，你看，这是人参吗？

　　对，阿福真乖。

　　爷爷看着阿福手中已被捏断碎虚的小人参，哭笑不得。

阿拉囡囡噶调皮啊。

在一旁的奶奶走过来，一边用手绢将阿福的泪水汗水擦去，一边不安地叮嘱。

阿福啊，以后可别这么调皮了，奶奶每天拜菩萨求的就是一家人太太平平呐。

这是什么？

阿福看着爷爷手里的小木片问道。

这是一张黄金檀木书签，刚才救你也有他的功劳，虽然小小一片，可是稀罕之物，你闻闻香不香。

哇，阿福闻了闻，果然很香，这香不同于人参的正经严肃，固本扶正，却也一样的沁人心脾，助人提神静心。

爷爷拿出切割药材的小刀片，在书签上刻了一朵伞形的人参花，随后又刻了个"人"字。

今日你调皮是因人参而起，救你时用的又是这人中穴。阿爷就给你刻了这个"人"字。

从今往后，这檀木书签就送你了，望它助阿拉阿福学药名，保平安，但不可再调皮咯！

嗯嗯，阿爷我记住了。

阿福欢喜地把这片檀木书签攥在手里，端赏了许久。

第二枚书签现于公元 1300 年（元大德四年）峨眉派掌门的住处。

一花一菩提，

一木鱼一青灯，

青灯下两名容貌清丽的中年女子，正促膝长谈着。

师太，明天我就起程了，等小女的喜事办妥了，我再回来伺候您。阿琥，回去了就跟女儿共享天伦，不必再回来了。

师太……

你跟了我几十年，难为你了。

师太一代宗师，本是名门之秀。

其上有一姊，生性高傲，单名一个芙字。

阿琥本名阿福，自师太闺中时便是其侍女。因彼时需避大小姐的名讳，又因当年所居的荆楚一带民众发音往往 h/f 不分，大姐见她长得虎头虎脑，遂将她改名叫"阿琥"。

小姐！阿琥音近哽咽。

这么多年你可曾，可曾后悔过？

后悔什么？

孑然一身……

师太微微一笑。

…………

她出生在乱世的金戈铁马中，其时，蒙古大军挥师南下，父母奉命镇守襄阳，因此给她取名为"襄"。阿琥犹记二八花季时的襄二小姐，明眸皓齿，一袭鹅黄翠衣，俏皮可人，远不是什么堂堂峨眉掌门。

小姐，阿琥还想起了……那个颀长的身影，那个锃亮的面具……对了，那是专程为小姐赴寿宴

的……神雕大侠！

风陵渡口，因缘际会，襄二小姐与心目中的大英雄杨过相遇。当杨过给她三根金针，可以实现她三个愿望时，她不假思索就用了第一根 —— 摘下面具，一睹真容。

少年情怀，印象自然深刻。

蒙面之物仿佛皆有莫可名状的神力，那双深邃的眼眸，在去掉面具的那一刻，那包蕴性的一刹那，将其身上所有的闪光点，尽数显现，让人为之神往。

小姐，其实当年，在大侠揭开面具的那一刻，阿琥也透过窗户纸偷偷见过其真容：五官俊朗，剑眉入鬓，清癯俊秀，月光下更显脱俗。只是脸色苍白，颇显憔悴。

如今看来，杨大侠和二小姐性情还真是相像，一样的洒脱不羁，磊落大方，一样的喜好结交英雄人物。

师太轻叹了口气，脑海中依稀浮现出一张张远去而又熟悉的英雄面容：东海之滨桃花岛上吹着碧海潮生曲的外公；襄阳城外勇击蒙古鞑子却双双殉难的父母……

> 多少长夜吾与孤灯对峙，
> 怀揣情深无人可说心事，
> 八千里路山水近在咫尺，
> 岁月缄默唯任时光飞逝。

吾创立峨眉，是为继承父母遗志，也是自我修行，江湖浮沉，人海苍茫，过去的一切早已释怀，世间的相遇相知皆是慈悲。《金刚经》有云，应无所住而生其心。

阿琥似懂非懂，也许小姐心有大爱，爱十六岁那年绽放的烟花，爱峨眉山中云起的烟雾。

小姐，阿琥想送你一样东西。

这枚檀木书签是祖上传下的传家之宝，能保平安……

师太仔细端详，果是上等的檀木，和了黄金粉后精制而成。

阿琥啊，你一片真情，吾心领了。

师太抽出她的倚天宝剑，使了三分内力，在竹签上刻了一个行楷的"定"字，又简约刻了一朵桃花。

前尘远隔云端，吾自人间辗转，

岁月将无知情怀贪看，终在求而不得中释然。

我这一生萍踪靡定，你闺女夫家既在庆元①，那便离我旧居桃花岛不远，盼她过好海定波宁的日子。江湖迢迢，他日若有缘，再举杯言欢，咱们就此别过。

说完，袍袖一拂，其时明月在天，清风吹叶，树巅青鸦呜呜而鸣，阿琥再也忍耐不住，泪珠夺眶而出，一把抱住了师太。

—————————

① 今宁波。

第三枚书签飘到了 1900 年（清光绪二十六年）的仁和①——名唤"龚赋"的少年家。

落红不是无情物，化作春泥更护花。

龚府，一位头发卷曲，穿着笔挺黑袍，相貌奇异的洋教书先生正在教授一位身着马褂，留着长辫子的少年学习洋文。

Bloom 开花。

Fallen petal 意思就是落下的花瓣。

少年认真地跟读着。

这不是太爷爷的诗嘛！

对！龚大人的己亥杂诗写得极妙啊！从落花、春泥展开联想，把自己变革现实的热情和不甘寂寞消沉的意志移情落花，代落花立言，向春天宣誓，堪称托物言志的典范。

赋儿，你记住了吗？

记住了，圣彼得先生。

你太爷爷学问精深，你爹地也很是厉害，洋文

_____

① 今浙江杭州。

说得极好。我和龚大人虽是至交，但今年四月我就要走了。

您要去哪？

回我的祖国。

您的祖国在哪儿？

法兰西，一个美丽的地方，离这儿很远，我们的万国博览会就要开了，我得前去帮忙，到时候可以看到好多来自世界各地的最新成果。

赋儿，你看，春天的樱花 so beautiful，只是大清日渐 terrible……不如把这美景留在笔下吧。

说话间，圣先生铺开画架，拿起扇形笔，画起画来。不一会儿，庭院里纷飞的樱花，跃然纸上。

赋儿，你来。

师徒二人边说边聊来到庭院一角。

你看，这是我给你爸爸带来的花种，现在开起来了，好看吗？

这是一种类似百合花的花，大朵的花瓣不是雪白却是蔚蓝，像一只只蝴蝶在春风中摇曳多姿。

这是什么花，学生头一次见哪。

这叫鸢尾花，是我们法国的国花。每次看到这花，我就开始想我的家……

你是个聪明的孩子，学什么都很快。哦，对了，我有一个新奇的玩意儿，show you…

没等圣彼得先生说完，赋儿就调皮又好奇地取走了他手里的东西。

那是一块厚厚的沙棉，两边拴了两根粗棉线。

这叫"口罩"，是最新的发明，我们准备在这次博览会上展出！在我们欧洲，细菌会导致伤口感染已经被证实了。大夫做外科手术时，用口罩围住口鼻，病人的伤口感染率会大大下降！

赋儿向来对新鲜事物感兴趣，他赶忙按圣先生的指示戴上了口罩，感觉防风保暖，看上去还煞有介事的，像一个刚留洋回来的外科小大夫。

圣先生顿了顿说，现在时局混乱，清政府懦弱腐败，也不知道这口罩会不会真的 useful……

当年四月，法国第五次万国博览会成功举办；五月，中华却惨遭八国联军掳掠烧杀……

赋儿啊，你要学好本领保卫好国家，当然也要

记得保护好自己，有机会你可到我们法兰西来好好看一看。

赋儿神情凝重地点点头。

啊，对了，先生等一下。

我也有礼物要送你。

说着赋儿跑回书房，从屋里拿出一对檀木书签。

先生，这个送您。

这是……

这是祖上留下的稀罕之物，可驱魔辟邪。我爹爹也说，庚子年，不平之事甚多，且不说这话是不是可信，但愿这对檀木书签可以保佑您一路顺风。

Bon voyage!

Bon voyage!

圣彼得先生未料到这孩子有这片孝心，于是拿出绘画用的刮刀，在檀木书签上各自刻了两个字：

胜，胜利的胜。

圣，圣彼得的圣。

他又用之前的画笔，在书签上各自画了两朵

花，一朵鸢尾花，一朵樱花。

我们一人一片，彼此努力成长，彼此记着对方。

第四枚书签现于 2020 年夏，浙江某医院 ICU 病房。

"郭医生，你怎么了？"脸色惨白、头痛欲裂的郭医生瘫坐在一旁呕吐不止。

"小芙，我，我，我实在撑不住了，快替我安排顶……顶班医生……"说着说着，他便失去了意识。

"快来人哪，郭医生倒了……"梅小芙，歇斯底里地喊道。

梅小芙是刚入职不久的 90 后小护士，人如其名，娉娉婷婷，灿若梅兰。她最喜欢读的就是《倚天屠龙记》，常感慨郭襄一代宗师的传奇人生；常赞许与她同名的纪晓芙果决的情感抉择；也常幻想

自己能像青翼蝠王韦一笑那样飞天遁地……

此刻，她无心翻阅这些风花雪月刀光剑影，每天马不停蹄地工作，让身处急诊科的小芙筋疲力竭。

这年7月，长江淮河流域连续遭遇五轮特大暴雨的袭击，洪涝灾害严重；8月，台风"黑格比"以巅峰强度在浙江沿海肆虐，造成浙江、上海等省市百万人受灾，四千余间房屋倒塌，经济损失惨重。因此，这几天医院也比平日更加忙碌……

梅小芙与郭天硕医生同一科室，郭医生是急诊科大夫，手术台前的"拼命三郎"。超强暴雨和"黑格比"来得突然，他一直奋战在一线，职业精神激励着他尽其所能地救死扶伤，而小芙正是他的得力助手。

……

郭医生被抬上了抢救室的病床。而就在这张床上，他抢救过无数病患。在经过心肺复苏以及后续手术后，他被转入重症监护室，最终被诊断为脑室出血，主治医生告知：病情重，预后差，很可能成为植物人。

啊！听到这一消息，大家都震惊了！郭医生实在是太累了，他总抢着值班加班，那天晚上早些时候郭医生已有点不舒服，小芙曾劝他休息，可他说："非常时期，医院人手紧张，还是让我把来求医的病人都看完吧。"

此刻，小芙回想起郭医生和她在结束不间断的手术后，畅快地卸下手术服和口罩时的情形，那一身的汗凝固成的白盐，像是天使翅膀抖落下的碎毛，还有额头上深凹的印子。

平日里，郭医生就像阳光一样，总给人带来活力，有他在，大家干活都有激情，每次都是他去抢救别人；而在患者眼中，郭医生医术好、态度好、心眼好，耐心细致温暖着每位就诊者，垫付医药费也是常有的事，没想到这次躺在病床上的居然是他。

看着现在全身插满管子，依靠呼吸机呼吸的郭医生，小芙暗自抹去了眼角的泪水。

从郭医生住进重症监护室开始，郭医生的父母

就一直守在门口，等待着 ICU 里奇迹的发生。

ICU，一个离死亡最近的地方，因为在这里收治的是急危重患者。

ICU，一个离希望更近的地方，因为在这里，很多人得到了救治获得了新生。

看着监护室门口那个"家属免进"的招牌，母亲潸然泪下。那日，台风终是退去，母亲趁此回了趟家，带回来她精心炖了一个下午的菊花玉子鲈鱼汤，她眼神迷离，嘴里不停地念叨着："天硕，天硕，妈妈给你炖的汤，菊花清火，鲈鱼祛痰，你起来喝一口啊，你快快起来，快快好起来啊……"

小护士定在转角许久，眼眶也跟着再次湿润了，她也想起妈妈了，她想象着郭医生本可能在母亲面前表现得亲昵与俏皮，此刻却生死未卜。

"阿姨，我替您拿进去吧。"小芙握住老人的手，轻声说道。"好孩子，你帮我督促他喝掉啊……"老人悄悄地轻声说，回头轻轻地擦去脸上的泪滴。

当口罩蒙住了口鼻，眼神仿佛更汇聚力量。郭母的眼里充满期盼与念想；而小芙的眼里更多的是一份代入、共鸣和感动。

就在这时，小芙身上有个小玩意掉了出来，她的护身符——一套黄金檀木书签。

这是幼时妈妈携小芙上峨眉求的一套保平安的书签，她伴随着小芙高考，大学毕业，直至如今工作，身体不适时，情绪低落时，它都是小芙的希望和寄托。在郭医生和他母亲身上，她看到了爱的初衷，愿你永远安康……那是妈妈彼时求符的祷词，也是小芙此刻对郭医生和他母亲最真挚的祝愿。

妈妈说，这宝贝书签能保小芙安全。书签上刻有花，只要书签和花放在一起，便能逢凶化吉。因为花同"化"谐音。之前可不信这些，只憧憬着她的真命"天"子适时出现，妈妈说的人定胜天云云，她全无所谓。

但此刻，她不这么想了，汤里有花，菊花；郭医生的名字里有个"天"。

她在心里虔诚默念了几遍，把煲汤袋递给 ICU 同事后，迅速把书签放到了郭医生的枕边。

等风雨经过

等我们相见

等花儿开等它鲜艳

等书翻页等签浮现

让我守护在你身边

第五枚书签飘到了 2080 年的国庆，宁波一居民家里。

并不宽敞的住宅下住的是四世同堂。家里的两代老人双双坐在电视机前，观看着一年比一年壮观的国庆大阅兵。礼炮轰鸣，歌声嘹亮。那红得耀眼的五星红旗激荡在碧空下。

已过鲐背之年的梅小芙身边坐着与自己相伴六十年的丈夫郭天硕，身旁有儿子儿媳对阅兵盛况惊叹的赞美，厨房里的孙子孙媳正在准备午餐，八岁的重孙女在屋里东奔西跑，自个儿愉快地玩耍。

和很多小朋友一样，这小囡囡最喜欢玩抽屉，兀自把家里的抽屉拉进拉出，熟门熟路地知道爷爷奶奶珍爱的四维相册放在哪里。她喜欢靠在长辈的怀里，听大人讲过去的故事：这是太爷爷太奶奶年轻时在法国埃菲尔铁塔前的合影；这是爷爷奶奶在樱花树下的唯美婚礼；这是爸爸妈妈在医院的手术台上一次次的合作；这是自己刚刚出世时的小脚丫……

孩子看着美妙的四维图，发出清脆的笑声，环绕在这屋子里边。而太奶奶到底是年事已高，看一会儿电视没多久便觉疲惫了，于是背靠着沙发轻轻躺下。

身旁的郭老医生察觉妻子似乎是累着了，便挂着拐杖，缓慢起身，要亲自为妻子倒杯水。

上午十点，太阳照得正盛。阳光透过百叶窗，斑斑点点地洒进客厅，附带着有一片光柔柔地覆盖在梅小芙闭目养息的右脸上。重孙女馥儿拿着不知从屋子哪捣鼓出来的方形小盒子，欢快地跑进正在倒水的太爷爷怀里，惯性太大，老人不自主地一个趔趄，往后退了几步。"哎哟，你这孩子哟，莽莽撞撞的，可别撞伤了你太爷爷。"馥儿爷爷见孙女

这么没轻没重奔向自己的老父亲，严厉地训斥了孙女一句。

"哈哈，有什么大碍，你看太爷爷身体硬朗着呢。"郭老医生红光满面，慈爱地摸了摸孙女的发顶。郭馥儿与她太奶奶梅小芙年轻时很像，性子活泼开朗，听到爷爷的训斥也不馁，举起手中的小盒子，向她太爷爷甜甜问道："太爷爷，这是什么呀，我可以打开看看吗？"这小盒子是从太爷爷房间里看到的，自然要征得太爷爷的同意才能打开。

郭老医生低头看向重孙女手中的小盒子，神色变得柔软，原是这个。他像是慢慢回忆到了从前的种种，窗外的阳光照到他的脸上，折射出了没有棱角的金色光辉。而后他缓缓笑了，对馥儿说："这可是你太奶奶祖上传下来的，你得问你太奶奶呀。"

听到"太奶奶祖上传下来的"，馥儿更是来了兴趣，跑到沙发上依偎在太奶奶身边，嚷着要打开瞧瞧里头到底是什么。太奶奶也是呵呵笑着，阳光软软地嵌入她右半边脸上的皱纹沟壑里，宁静又慈祥，好似这光阴似箭都不存在，时光流淌得极其缓慢。她从馥儿手里接过小盒子，给她打开。原来是一套黄金檀木书签。

馥儿小心地把玩着，她看见书签上都刻着字：人 —— 定 —— 胜（圣）—— 天！馥儿刚读小学，见这书签上的字有繁体也有简体，自己又全都认识，便兴奋地大声读了出来。

她又见每支书签上都刻着一种花，有她常年在荆楚见到的樱花、桃花和菊花，也有她不认识的花。每枚书签大同小异，做工精细，让人觉得非常宝贵。"好漂亮呀。"馥儿由衷地夸赞道。

"囡儿你可知道，你太爷爷和太奶奶就是因为这些小书签在一起的哟。"奶奶也在一旁乐呵呵道。郭老医生与妻子梅小芙的视线交汇，不约而同相视一笑。

六十年前，两人皆是战斗在一线的医护人员，相互照料，暗生情愫。那年，梅小芙给曾在 ICU 的郭医生端汤时，突然明了自己的心意，在祖传的书签上刻上郭医生名里一字"天"字赠予郭医生，当作定情信物。那"天"字之下，是一朵开得正盛

的菊花。

奇迹终于出现了，郭医生终是在大家的努力和期盼中醒过来了！于是，郭梅二人有情人终成眷属，不觉间相伴了一生。

郭老医生从馥儿手中拿过书签，走进书房，认真仔细地在最后一支没有刻过字的书签上刻下一字：安。

国泰民安，盛世安康，愿天下人，一世长安。

又在下面精心刻上一朵梅花。

"吾妻之姓，便是这般清丽傲然的花。"

闻道梅花圻晓风，雪堆遍满四山中。

"馥儿，你过来。"郭老医生招呼重孙女进书房。他把一串书签珍重地递给自己的重孙女，眼里有笑，问道："馥儿可知，太爷爷问为何给你取名为郭馥儿？"

"馥儿馥儿，花香四溢。不过是图你一世安康，在这世间赏尽天下百花，做个有香气的女子。"

烛烛晨明月，馥馥秋兰芳。

此时秋高气爽，天清云淡。

芙福琥赋馥，
一色书签全，
不一样的故事，
不一样的庚子年，
在爱面前需要什么字眼？
百姓的愿望终究不变。
家国平安人团圆是最美画面，
我们为爱牵挂，为梦改变。

本文曾获 2020 年宁波市教育系统女教工"战疫中的我们"征文比赛二等奖；同名故事曾获 2022 年宁波市新故事创作大赛年度 25 个优秀故事奖之一。

杨梅

杨梅的传说

（一）

江南一带，每逢淅淅沥沥的梅雨季节，就会伴有一种如美人容颜的果子，她就是杨梅。

很久很久以前，在宁波余姚、慈溪交界处的杨家岙山脚下，住着一户杨姓人家，父子两人相依为命。父亲是个善良的老药农，以采草药为业，经常为附近的乡邻送药治病，深受大家尊敬。儿子杨喆，是个艺高胆大的好猎手，不但打猎百发百中，而且为人忠厚仗义。

一天，杨喆在山上打猎，听得远处有"救命……救命啊……"的呼救声，他急忙循声赶去，只见不远处，一只恶狼嘴里拖着一人，正向山上跑来。杨喆见状，立刻弯弓搭箭，正中狼眼。恶狼吼叫一声，把人放下，逃奔而去。杨喆快步上前，扶起那人，发现原来是一位漂亮姑娘。

姑娘已昏了过去，衣服也被恶狼撕破。杨喆背着受伤的姑娘回到家里。父子俩又是敷药，又是熬汤，精心救治姑娘。过了一会儿，姑娘渐渐醒了过来，见她睁开了双眼，杨老伯便问道："姑娘，你家在哪里？为什么到这荒山上来？"姑娘谢过救命之恩，见杨家父子是忠厚人，便说出了原委。

原来，这姑娘就是天上的百果仙子，掌管人间百果生灭。原本按照母亲天宫娘娘的旨意，她得嫁给一直觊觎她的美貌却生性凶残的百兽元帅天狼为妻，可她坚决不从，以跟着兄长御马童子巡山为由下了凡间，顺便来散散心。

哥哥御马童子名唤东魁，虽在御马监正堂管事踏实勤恳，但学艺不精，总是数不清马匹遭师父责备。

此刻，他俩到了一个叫马站的村落，马站是古时官府设立的马匹停靠的驿站，本是安排过往官员交通和食宿，方便他们传递公文急件之地，渐渐地一些江湖商人侠士在此结缘获知。

东魁听闻有个数术大仙每隔三月会骑着他的汗血宝马来此地讲学，这数术大仙在天庭也小有名气。此时正是他讲学之际，东魁便与妹妹道："妹妹，哥哥要去听数术大仙讲学，咱们以此棵崖边大树为标识，两月后见，如何？""去吧，哥哥，我听说数术大仙骑着匹罕见的汗血宝马，你不妨去看看真假啊。"与妹妹分开后，哥哥便独自前往马站。

　　暖暖马村，依依墟烟，
　　紫封潭影，潺潺流漾，
　　团凤山辉，荄池效灵。

　　明明和妹妹约好只听数术大仙讲堂半个月，可那些阴阳五行、天干地支、河图洛书、太玄甲子数等实在太吸引人，东魁全然忘记了妹妹，更不知晓妹妹有难。

　　天狼趁百果仙子到下界巡山之时，想抢走百果仙子，强行成亲。幸亏她遇到杨喆相救，才得以脱身。

　　杨家父子见姑娘容貌端庄、谈吐不凡，知道她确是天上仙子。杨老伯说："姑娘，虽说你贵为仙子，但天上人间的道理应该是一样的。在这里你尽管安心养伤，伤好以后再回天庭。"姑娘点头应允。在杨家父子的精心照料下，百果仙子渐渐伤愈，想

回天庭去，但想到回去以后，必遭天狼纠缠，而看看人间，凡人远比神仙忠厚，思前想后，拿不定主意。

杨老伯看出了百果仙子的心思。一日，他对百果仙子说："姑娘，如今你已伤愈，你想回去，我们也不会强留。如你愿多留些日子，就跟着我采采草药，为乡亲消病除痛，你看如何？"

姑娘一听，就高兴地答应下来，并拜认杨老伯为义父。杨老伯收百果仙子为义女，因附近有个梅湖，他又把姑娘当作掌上明珠，就为姑娘取名"梅珠"。

仙女下凡的梅珠，天生聪明伶俐，不管什么事情，一看就懂，一点就通。她跟着义父翻山越岭，采集草药，从不叫苦。她为乡亲行医治病，不避寒暑。因她是仙子下凡，更是药到病除。邻里乡亲无不夸她善良贤惠。空余时间，梅珠还跟着阿喆哥学打猎，很快就学得百步穿杨，武艺高强。随着日子的流逝，杨喆与梅珠渐渐互生爱慕……

由于杨喆和梅珠高超的打猎本领，附近山上

的豺狼虎豹闻风丧胆，再也不敢来杨家岙一带作恶了。这事终于传到了天狼的耳朵里，他对梅珠、杨喆非常嫉妒，寻机报仇。于是买通山神，设下了一个毒计……

一日，梅珠与杨喆又上山打猎，忽然间，不远处一只大黑狼不紧不慢地走来。梅珠眼疾手快，弯弓搭物"嗖"一声响，一箭射中黑狼。那黑狼负箭逃窜，梅珠和杨喆紧紧追赶……突然，黑狼隐入山崖，不见踪影。只听得"哗啦"一声巨响，山摇地动，霎时间，前面崩出一道悬崖峭壁，杨喆一时收不住脚，跌下悬崖……

梅珠攀岩爬崖，终于在山脚下的一棵大树上找到了杨喆。梅珠轻抚着奄奄一息的阿喆哥心如刀割，泪流满面。杨喆断断续续地说："梅珠，我……我还想要留在你身边，要你做我老婆……"说完就合上了眼睛。

梅珠悲痛万分，含着泪在他遇难的树下埋葬了杨喆，而那棵大树其实就是她与东魁分别时相约的标识。

人间无常，世事难料，她恨自己没有亲手手刃恶狼，都是因为自己的出现，才给这家人带来了灾难。"我的命是阿喆哥和爹爹救的，既然阿喆哥没了，我也不想活了。"说着，梅珠抽出桶里的一枚箭，刺向了自己……

那天晚上，下起了雨，淅淅沥沥，如泣如诉，一下就是两个月。

当东魁兴冲冲地赶来找妹妹，想分享他的人间所获时，却听闻妹妹从与自己分别后到最后香消玉殒的消息，此刻，空气里弥漫着一种果香，那是妹妹特有的体香。

东魁顿时扼腕，泪如雨下，痛不欲生，"妹妹，都是我的错，是哥哥没有保护好你……"说着，他向东边的山崖纵深一跃，生死未卜。

第二年，当村民经过三人曾经生离死别之地时，发现边上的那棵树上长满了紫红色的果子，摘下来一尝，味道很甜，有的稍微带点酸。回想起梅珠与杨喆的故事，村民便将"杨"和"梅"二人的姓合在一起，管这果子叫"杨梅"。

而在树的东首，也有一棵杨梅树，树干更粗大，果实硕大如乒，汁味甘美，相传是梅珠的哥哥所幻化，人们便称其为"东魁杨梅"。

让人们感到奇怪的是，每次到了吃杨梅的季节，雨会一直下个不停。村民都以为那是梅珠思念杨喆所流的眼泪，便称之为"梅雨"。

（二）

前世今生，冥冥注定，过了某关，上了某路，路的尽头是一条河，叫忘川河，河上有一座桥，叫奈何桥，有个姓孟的婆婆守候在那里。

"喝吧，年轻人，忘记这辈子所有的故事吧。"

杨喆对这路，这桥，这汤早有耳闻，天命难违，他依言喝了一口，第二口只在口中停了一小会儿，趁婆婆不注意就偷偷吐掉了，默念了一句："梅珠，等我。"

婆婆闭着眼睛，也不知她可有察觉，但也奇

怪，杨喆的脖颈上此时出现了一颗如杨梅核大小的黑痣。

有人说，今世的果是前世种下的因，前世修下的福报冥冥中会在今世开出花来。在这一世遇见的缘分，有可能就是前世的渊源。

自从东魁化作东魁杨梅树三月后，他的师父数术大仙骑着汗血宝马前来看望，只见大仙一念咒语，一挥拂尘，东魁就现了原身，噗通跪在大仙面前："师父，求求您，救救我妹妹啊……师父，您神通广大，一定有办法的。"

数术大仙捋了捋胡子，说："徒儿啊，好好修炼！有缘'千年'自会再见，你妹妹的功力每逢百年和闰年会大大增进。将来促成你妹妹的，无论是仙缘还是姻缘，都得靠你啊。"

说着，数术大仙又教了点小法术给东魁，"东魁啊，数术虽不易学，但万事独怕认真二字，笨鸟可以先飞，勤勉可以补拙！"

"是，师父，徒儿记住了。"

别了师父，东魁又成了一棵杨梅树，他天天修

炼功法，也天天企盼，盼着自己五百年后，又能成为一条堂堂正正的好汉和妹妹相聚。

他思忖着师父的话，有缘"千"年来相会，每逢百年和闰年功力大进，那 1500 年该是个闰年，1500 年一定是个好时机……

可他殊不知 1500 年并不是闰年，1600 年才是。

到了 1500 年，东魁现了原身，可其时，妹妹依然是一棵普普通通的杨梅树，功力还没到火候。

梅珠变成了一棵杨梅树，伫立在山头，带着亘古以来的寂寞与苍凉，看人间冷暖，看世事沧桑，但无怨无悔，因为她尝过人间的暖，体味过刻骨的爱。

可这段时日，袅娜的杨梅树却总被一个调皮小男孩所扰，每每这小男孩经过杨梅树，便会时不时地朝树干上撒一泡尿。而这一泡泡尿的功力并没有化成有营养的肥料让她多结多少果子，反而是让树长得越来越高。

日子一天天，一年年地过去，转眼间，小男孩变成了俊朗少年。

　　梅珠每日看着少年在田间勤劳做农活，听着少年唱着清亮的劳动号子。她发现，这少年的脖子上有一颗痣，像极了杨梅核。

　　传说，脖子上有痣的人，都是将孟婆汤喝漏嘴的人，都是将上辈子的一部分记忆带到这辈子的人。

　　也不知这男娃前世有个什么因缘际会，梅珠心里思忖着。

　　四月的一个傍晚，果香四溢，少年又到杨梅树下撒了泡尿，接着他爬到树枝上，伸手摘了几颗杨梅吃起来。"啊，实在太渴了，啊，实在太好吃了。"吃舒服了，他便坐在高高的树杈上，开始喃喃自语起来："杨梅姐姐，那个石榴胖妞，又来烦我了，我可不喜欢她，她却天天纠缠着我，还说要来我家住，这么不知羞耻的姑娘，咋办办呢……"说着，又开始摘杨梅，肆意吃起来。

　　梅珠听到"石榴胖妞"这词，心里不知怎的，咯噔了一下，而且，这小子怎么管自己叫姐姐？谁让他姐姐妹妹乱称呼的！想着想着，她少女心作崇，暗运功力，轻轻抖了抖她纤细的腰——树杈。

可那时，少年毫无准备，突然枝杈折断，落了一地的杨梅，少年自己的手下意识地撑了一下地，这一撑，他把无名指给折了，疼得他哇哇直叫。

幸好是左手，他一边赶着回家包扎，一边顺手将掉下的连带着几颗杨梅的树杈也带回了家。

回家后，少年的手指依然还是肿得厉害。幸好少年祖上从医，简易的包扎接骨难不了他，但自己给自己包扎终究有些不便。少年包好手指，把摘来的杨梅树杈供在瓶里，便出门干农活去了。

少年名叫郎棘，祖上皆是郎中，孩提时，郎棘遇上一顽疾，不仅积食难耐，而且双目疲倦，常常流泪，久不见好，幸偶遇一位西域大师，经其指点饮用了沙棘果浆汁，方才化解，遂用西域大师所赐之名——郎棘。

大师指点说，小娃来路不凡，远离父母，才可远离顽疾，才可成才，父母无奈，只能将儿安顿在空气和风景甚好的明州① 乡间，他二人反跟随西域

---

① 宁波的旧称。

122

大师一路向西北而去……

奇怪的事情开始发生了！

次日清晨，郎棘像往常一样去田里务农，可等他傍晚回到家中，推开房门一看，眼前的一幕让他差点惊掉下巴，桌上竟然摆满了丰盛的饭菜，并且还有一盘杨梅。

他环顾四周不见其他人，难道是双亲回来了？难道是天上掉馅饼了？郎棘对这一幕不可置信，不仅如此，家里也被整理得井井有条，郎棘以为是别人送错地方，于是他便坐在门外等送饭和送杨梅的主人，就这样一直等到夜深。

饥肠辘辘的他不再细想，狼吞虎咽地吃个精光。第二天，郎棘又早早出门了。

临近傍晚，供养杨梅枝的瓶子突然发出阵阵紫光，一位美丽的仙女冒出来，伴着阵阵果香，沁人心脾，仙女使出法术，不一会儿，香喷喷的饭菜就做好了，家中也整理得十分干净，而今天郎棘早早而归，在不远处就看到自家的烟囱冒出阵阵白

烟，他赶紧加快脚步跑去要去抓个正着，看看到底是谁天天在这里做饭送果，结果还是扑了个空，不仅锅里有做好的饭菜，他的臭鞋子臭衣服也被洗净晒干，飘着阵阵果香。接下来的几天，每当他干完农活回家，他都发现家里有做好的晚饭，还有两小盆精致的小水果，每天不重样：石榴、覆盆子、银杏，但，一定有杨梅。

郎棘断定事情不会这么巧，于是他决定明日躲起来探个究竟。

（三）

话说，自从东魁变成杨梅树后，也有不少小孩前来摘杨梅吃，而最令他印象深刻的是一小胖妞，梳着两个石榴髻，穿着罗纱裙，看样子是个有银子家的娃。每次来，她爹爹便命人给她采摘满满一小篮，她呢，也优哉游哉地将满满一小篮子大东魁吃完才走。东魁非常喜欢采摘自己树上的果子又不浪费地全部吃完的小娃娃，仿佛这是对他成果的莫大的肯定。

转眼石榴胖妞也年方二八，她喜欢和郎棘一起玩，可郎棘却对她没有感觉。

东魁天天盼着妹妹能复原，他算算数术大仙指点的好日子将近，就隔三差五地来给妹妹的树来浇圣水。

那一傍晚，郎棘没有走远，躲在屋外的水缸后想探个究竟。果不其然，家里的烟囱很快就升起炊烟，郎棘小心翼翼地推开家门，他终于看到一位翩翩少女，容貌娇丽，身着紫色罗裙，但左臂衣衫被撕掉了一大半，惊得他当场愣在原地……

梅珠现了原形，她总觉得郎棘骨折是因为自己，心里甚是过意不去，这几日郎棘的晚饭自然是她给准备的。

"你你你是谁家的姑娘？是不是走错了人家？你你你是不是田螺姑娘的亲戚？"郎棘问道。

"什么田螺海螺的，我……我……你受伤了，我来看看你。但是我的衣服，被你抓坏了。看到你带着伤每天日出而作，日落而归，甚是，甚是不忍。"梅珠带着嗔怪又忸怩的神情回答着。

她牵起郎棘的左手，揭开纱布，轻轻揉了揉他的无名指，吹了口仙气。郎棘顿觉好了很多。

"啊，我知道了，莫非你就是山上的杨梅姐姐？"

梅珠的脸红一阵白一阵："谁让你姐姐妹妹乱叫的？谁让你随意……随地小便的？"

郎棘会意，立马用他顿觉有力的左手拉住了梅珠的手，"好好好，是我不对，姐姐，你留下来吧，与我做个伴可好？这屋里，就我一个人。"

梅珠，不置可否。

但见郎棘穷困潦倒一人，孤苦伶仃的，便答应了。

从此，郎棘白天出门干农活，梅珠则打点家里，给他准备晚饭和瓜果。

有时梅珠也上田间给郎棘帮点小忙，不知是不是吃了杨梅的缘故，郎棘唱的劳动号子更清亮好听了。杨梅是果，也是药。《本草纲目》记载："杨梅可止渴，和五脏，能涤肠胃，除烦愦恶气。"

"妹妹，你终于有功力可以现原形了。数术大仙和我说过，千年之后的闰年是你功力大增的好时候，我算过，1500 年后的此时此地，正是你的好日子！"那日，东魁兴奋地和梅珠相聚了。

"你就和郎棘过吧，你俩这么登对，他对你这么好，你也这么照顾他。"

"哥哥，你这不孚众望的算术，1500 年可不是闰年。1500 除以 400 可除不尽呐。1600 年才是，我还得等上一百年才能修成大仙，和我的杨喆大哥团聚呢。再说，我比这个郎棘大了一千多岁，这个姐弟……"

"哎，这个姐弟恋了得啊。杨喆、郎棘，名字的发音和字形都差不多，也许就是老天的安排吧；也许郎棘就是你今生的缘分呢，他肯定不会介意的。"

"哎，哥哥你……我看你和这石榴小妹妹倒是挺合适的，都是胖乎乎的，要是你和他成了，那真是一头老老老老牛啃了一根无比嫩的小草呢。"

"哈呀，老妹儿，你什么时候说话这么不正经了，莫非喝了童子尿了？数术大仙曾问咱们，十年树木，百年树人，千年树什么？我想，你大概就是树精吧，杨梅树成精，哈哈。"

"哈，你个坏哥哥！"二人一追一赶嬉戏于山间……

一日，梅珠和东魁听闻马站将要来一波西域客人，会带一些奇异瓜果，于是他俩打算坐船走水路，避开人群前往镇里看看。

"梅珠姐姐，你要去哪？"

"上大堰镇看看。"

"哈，那我也去。"

郎棘数日来有梅珠照顾，甚是依赖，见梅珠要出门，哪里肯离开。"哎呀，你不用去了，你忙你的好了，有东魁大哥陪我呢。""那可不行，没有我，你怎么办？你会闷的……"看着这两人你侬我侬磨磨叽叽的，石榴胖妞醋意大发，也跟了上来，愤愤地对郎棘道："为什么你对她这么好？哼，我也要去。"说着，她狠狠一蹬脚，也上了船。

石榴胖妞和体格健硕的东魁坐上了船的同一边，东魁轻轻在她腿上吹了口气，刚才她这么一蹬腿，又一屁股重重地坐上船舷，这船仿佛载上了千斤鼎，顺势往她那边倒去……

"哎呀呀呀，"石榴胖妞一个趔趄，不小心掉进了河里，东魁见状，暗暗一笑，急忙下了水把她救起来，幸好没有什么大碍。东魁心想，这妞妞也和自己一样，是个马大哈，全然不观察周围。

而不想，这一扶一救却撩拨了石榴胖妞的春心，胖妞偷偷瞧了一眼东魁大哥，比起郎棘瘦瘦弱弱的身板，好像这样的肩膀更适合自己，好比小时候挑杨梅吃，自己更喜欢吃大个的品种。

"谢谢这位大哥哥相救，大哥哥，您叫什么名字？"

"不用谢，小事情，我叫东魁。"

这下，轮到石榴胖妞惊得睁大了双眼，东魁，可不就是自己从小喜欢吃的杨梅的品种吗？

而另一边，郎棘和梅珠也被迫掉进了水里，梅珠识水性，可郎棘却是个旱鸭子。"救命，救命啊……"梅珠轻松将郎棘抓起，往岸上拽，可就在那一刹那，她又清晰地看到了郎棘脖颈上的那颗黑痣。

早年听母亲天后娘娘讲过，但凡身上有黑痣之人，都是在奈何桥没有把孟婆汤喝完的人，他们的前世有着至死不渝的感情，他们的前世有他们放不下的人，割舍不了的情。而脖颈上有黑痣的人，往往是那些刚正不阿、坚定执着的性情中人。

梅珠忽然回想起自己是如何被杨氏父子所救，自己是如何跟着阿喆哥打猎、识草药，自己又是如何离开人世间的。

梅珠记得那天，也是在水边，阿喆哥带着自己认识"水中人参"——芡实。"梅珠你看，这暗红的小圆球就是芡实，我听爹爹说过，《神农本草经》里，就有芡实入药的记载，健脾化湿、补肾固摄……"

而此刻，郎棘脖颈的黑痣，也像一颗小小的芡实，在时时刻刻暗示着自己：

芡实，芡实，前世，前世……难道，郎棘的前

世就是 ——杨喆？

> 玉盘杨梅为君设①，
>
> 玉肌半醉生红栗②。

那晚，梅珠心里的千年之梗终于落下，她终于脱下了紫衣罗裙，吹灭了郎棘屋内的烛火，续上了他与她前世今生未了的缘。

> 多少夜我与孤单对峙，
>
> 多少日我任时光飞逝，
>
> 缄默固执如同不可转顽石，
>
> 前尘远隔云端又近在咫尺。
>
> ……

而另一间屋内，双烛点得通亮，石榴胖妞一袭红袍，好不喜气，东魁把一朵芙蓉花插在了她的发髻上，瞬间映衬得石榴妹妹明艳动人，谁说胖妹妹没有爱情？

东魁这头老牛还真果然啃到了嫩草，啊，不，是啃到了小石榴。

---

① 出自唐代李白的《梁园吟》。
② 出自宋代杨万里的《七字谢绍兴帅丘宗卿惠杨梅二首》。

用他自己的话说是，终是拜倒在小石榴裙下。

你见过杨梅树开花吗？

那一晚，杨梅树开花了，开得极为低调，它悄悄吐蕊，静静地盛开于子夜，到了天明即凋谢，即使有心人想夜间守株赏花，也难睹花容。

数术大仙偏偏在此刻出现了，他静静地等待花开，细细地观赏着，绿叶婆娑，满树捧出人间的清欢，仿佛要为轻纱帐缦下的佳人翩翩起舞，紫红的花，硕圆的果，压弯了枝头，像玛瑙一般，令人垂涎欲滴。

数术大仙采撷了九朵杨梅花和十九棵杨梅，放入小瓷瓶后，便策马而去，留下了一串字：

石榴结子结里面，
杨梅开花无人见。
十月芙蓉谢落地，
四亲八眷送贺礼。

宁波人把猜谜称为猜"梅子"，上文就是一个

"梅子"，你猜出谜底了吗？打一生活事件。①

（四）

一年后，两对佳偶，都升级做了父母。

梅珠给郎棘生了个胖小子，石榴给东魁生了个小囡囡。

"红实缀青枝，烂漫照前坞"②，经历了雨水的沁润与初夏微风的洗礼，孩子们长得很快，而此刻，一年一度的杨梅季又到了。

马站里，又出现了不少丝绸之路的舶来品，渲染着夏日的缤纷：西瓜、西红柿、葡萄、胡萝卜，而杨梅不是，早在七千年前，在河姆渡遗址的新石器时代就有食用野生杨梅的记载。

"吃杨梅咯！"东魁吆喝着开始逗孩子们了："娃娃们，把杨梅核吃到肚子里，明年头上会长出

① 答案是生孩子。
② 出自唐代陈景沂《杨梅》。

杨梅树来咯。"梅珠儿子憧憬着明年能吃上自己头上的杨梅，兴奋不已；而小石榴却懊悔着不小心吞下的核，会在来年顶着一棵杨梅树无法扎辫子，忧心忡忡，这可把大家给乐坏了。

美好的日子总是短暂的。一天夜里，一阵大风吹开了窗户，梅珠起身将衣服给郎棘披上，当她正要关闭窗户时，不料却被一阵飓风吹出窗外，原来是天狼再次出现。

天狼威胁梅珠说："乖乖，这次，必须跟我走！不然，我定将发起大水，淹没整个村庄！害死这里所有的村民！"

不忍分别的梅珠心如刀割，看着熟睡的郎棘，她脑海里浮现出和郎棘在一起的时光，但她又怎能拖累全村的村民呢？

于是，她给郎棘做了几件换洗的衣服，郎棘感受到了她的反常，急忙询问起来，梅珠无法隐瞒，她轻抚着丈夫脖颈上的黑痣，讲起了她、天狼和郎棘前世的故事……

郎棘听后，若有所忆，也若有所思，他紧紧抓住了梅珠的手，说道："凡事都可以一起想办法！"但梅珠不想让他为自己冒险，不想像前世那样送掉自己性命，可郎棘说，为了在一起多苦都愿意！

梅珠伤心地扑在他怀里，随后便出门，消失在大风中，霎时不见了踪影。

郎棘不顾一切危险，连夜冲破了狂风暴雨，经历了千辛万苦，才找到了天狼所在地。

天狼的出现，终于让郎棘回忆起了自己的前世，那一次失足，那一次山崖边的欺骗，当然还有和梅珠前世的点点滴滴。

看到此世的郎棘，天狼愤怒不已，不停地指责郎棘骗走了自己的未婚妻，还大胆包天地闯进天狼宫，不过天狼表示，只要郎棘把梅珠还给他，珠宝豪宅都可以送上。

郎棘来不及回答，就被大风送回到村口，此时，家里发生了巨大的变化：简陋的草屋被打造成豪宅，里面堆满了数不清的金银珠宝，可郎棘并不开心，一脚踹飞了那些金银珠宝。

随后他再次翻山越岭，准备前往天狼宫，忽然又一阵狂风将他卷起，传来天狼的怒声："你小子真是不知天高地厚，我没要你的命已经不错了，赏给你这么多金银珠宝还不够吗？那好，我再送你最美的仙女，但，就是不许你跟梅珠在一起！"

说完，他又将郎棘吹回到了家中，而此时的梅珠已经被天狼施法，满头紫发，满脸皱纹，俨然成了个老太太，她蜷缩在屋里一个小角落里，又恐惧又自卑。郎棘见状，连忙将她抱入怀中："别怕，梅珠，我在，我在，无论你变成什么样子，我都不离不弃……"

此刻，屋里出现了十几名漂亮的仙女来伺候郎棘，然而郎棘却将眼睛捂住，接着，屋里又出现了很多个和梅珠一模一样的仙女，仍旧被郎棘识破。

天狼怒了，"郎棘，三日之内交不出梅珠，就是你的死期"！

郎棘找来东魁商量对策，东魁说，眼下要解决两个问题，第一，除掉天狼，第二，把梅珠变回原本的模样。

于是，郎棘发动村民，足足花了两天打造了一只大缸，里面放满了天狼诱惑他的金银珠宝。到了第三天夜里，郎棘开始挑衅天狼："天狼，梅珠现在这么丑，我也不要了，你要，就拿去吧，还有，你给我的金银珠宝，我也不稀罕，统统拿走，但不能伤害我的村民，你先清点一下这些珠宝，可有少你？"

天狼盘算着这笔买卖，他下令自己的部下在周围站好，自己则跳进大缸，开始钦点起来。忽然，他觉得里面可能有诈，但为时已晚，此刻，天空中出现了一只硕大的茶壶，哗哗哗倒出了热水，巨烫的热水终于烫死了来不及防备又作恶多端的天狼，而这大茶壶的主人正是数术大仙。

数术大仙用之前自己亲手采撷的杨梅花汁浇灌在梅珠身上，施法将梅珠变回了原来的样子，梅珠和郎棘相拥在了一起。

村民们连连拍手叫好，正当天狼被烫得奄奄一息时，天宫娘娘出现了。"快快停手！天狼是天帝的坐骑，他为非作歹我要带走，东魁和梅珠是我的孩子，是不是你俩也该回天庭了？"

"要是不能和自己喜欢的人在一起，做神仙有什么意思呢？"梅珠道。

天宫娘娘叹了口气，对东魁说："哎，你妹妹是没得医了，东魁，那你跟我回去吧。"

东魁撇撇嘴："啊，母后，我，我，不回。"

"是啊，娘娘，不回不回。"

这时，石榴胖妞牵着两个小朋友也来了，小朋友们使劲摆手哼哼，不让爹爹和舅舅离开。

天宫娘娘不禁感叹："唉，常言道，女大不中留，原来男大也不中留啊。那好，现在给你们两个选择，要么和我走，要么留在人间，法力我收回。"

梅珠对郎棘说，我已经等了你1500年。我们再也不分开了，郎棘用剑割下了自己的头发抛向四方，头发变成了狼棘草。

这种草是一种蕨类植物，看似草本叶多，但无刺，名头瘆人，却温柔地呵护着杨梅——郎棘草是杨梅的伴侣，往往在杨梅树附近可见，后人只知这草名唤狼棘草，却不知那是郎棘的深情所化。

后来运往马站的一筐筐杨梅都是用狼棘草薄薄

覆盖在上面，用这种草来包杨梅不但没有异味，而且还能使杨梅保鲜更长时间。

又传说，狼不可以吃，一吃就丧命，也不知是真是假，大概在这个故事里，天狼与郎棘是情敌吧。

天宫娘娘暗暗念了句咒语，抛向梅珠和石榴胖妞："让你俩也尝尝人间当娘的辛苦。"

说也奇怪，从此在杨梅季节，小朋友吃杨梅时不小心留下的杨梅汁在梅雨季总是苦了娘亲们，因为总洗不干净，梅汁渍渍四十九，四十九日才洗净，也许那便是来自外祖母的咒语。

……

（五）

梅珠和东魁的杨梅渐渐闻名遐迩，他们把生意也做得越来越大，每逢杨梅季节，马站摆满各种杨梅摊，到了明朝，国舅陈北科陪皇帝巡江南时将杨梅引荐给皇帝，彼时，皇帝正因处理奏折劳累过度，声音嘶哑，食欲不振，吃了杨梅，顿觉清香四溢，神清气爽，龙颜大悦，从此将杨梅列为进京贡品。

有诗云，一骑御马君王睐，人人皆把杨梅赞。（该诗作者杜撰）

时间如白驹过隙，不觉过了九十九年，郎棘虽依然精神矍铄，但终近百岁，梅珠也已是满头白发，一日，郎棘问老伴："梅珠啊，你回不到树里去了，这辈子跟着我后悔吗？"梅珠暖暖地摇了摇头。

郎棘端详着妻子，头发全白，却鹤发童颜。"母后当年只说收回法力，可没有说收回多少年哦。还记得你师父数术大仙的话吗，千年后的闰年，才是我功力大增的时日。"

"1600 年后的今年就是闰年啊，我的功力可又要回来咯。"说着嗖的一下带着郎棘，轻松地飞到了山上最最高的一棵杨梅树的枝头上。

郎棘捋了捋胡子也笑了："问妻能有几多小

九九？爷们终不是女人的对手。"

如今，每逢杨梅季，离家的游子不管多远，定会赶回故乡的山间看看，听听久违的乡音，尝尝杨梅的味道，无论是小的杨梅，还是东魁杨梅。若实在赶不回来，也必让人上马站寄上一两筐，聊以慰劳满腹的情思和肚子里的馋虫。

故事已成传说，美味香飘万里。

宁
波
汤
团
上

宁波汤团的传说（上）

　　北宋年间，明州①府董家有五个女儿，家中老父势利，大女儿二女儿三女儿都许配给了有钱人，四女儿嫁给了一书生，家境清贫些，只有老五待字闺中。四姐姐和小妹妹素来最好，四姐姐对小妹妹说，嫁郎要嫁对自己好的，贫富贵贱是其次。

　　小妹妹名唤琬琬，是家里最调皮的一个，但她自幼爱学，却苦于无人教导，于是经母亲应允，女扮男装去私塾就读。她熟读儒家经典，能将《孟子》倒背如流，与同学们相处一年有余，班上先生和同学竟都不知晓她是女生②。

　　琬琬和同学江枫甚是投缘，二人常结伴同行。江母做得一手好菜，琬琬常去江家蹭吃蹭喝。琬琬爱吃鱼，江枫爱吃肉。江母常做咸齑大汤黄鱼、包点热乎乎的角儿（北宋称饺子为角儿、娇耳）给孩子们吃。

---

① 今浙江省宁波市。
② 取材于北宋志怪小说《青琐高议》后集第七卷温琬的故事。

江父略懂些医术，这日又吃角儿，便和孩子们聊起来，说这角儿，原来可是东汉医圣张仲景发明的。"就是那个写《伤寒杂病论》的张仲景？""是也，刚开始时，角儿是药用的，张仲景命人将羊肉辣椒和一些驱寒药材放在锅中煮，熟了之后捞起来剁碎，用面皮包成耳朵的样子再下锅煮熟，以此来避免冬天病人耳朵上出现冻疮，取名'驱寒娇耳'。慢慢的这小食就演变成一种民间食物，到了汉末三国时，它已经成为一种食品了。"

　　琬琬舀了一瓢角儿，端详着思忖道，"既然面皮可以裹药、裹肉，是否可以裹点甜食呢？"点子一出，立马得到江枫的赞许。"妙哉，妙哉！娘啊，我们家食橱里，好像还有您碾的甜豆沙，要不阿拉改日试试？""侬咋晓得家里有豆沙？是不是又偷吃了？"江母没好气地摇摇头。"好好好，改天叫你娘给两个小馋猫做着尝尝。"江父笑言。

　　"天将降大任于是（斯）人也，必先苦其心志，劳其筋骨，饿其体肤，空乏其身……"次日，江枫背书累了，就伏在案头，开始遐想。这时，母亲正

好端了碗刚做好的豆沙角儿进来："枫儿，来，试试你俩小顽童所创的小食，娘刚做好，趁热尝尝。"

"哇，好吃！待我端去给董琬尝尝。"

"哎，等等，你也老大不小了，怎么三天两头往琬琬家跑呢。"

"这有什么。"

"枫儿，你可察觉琬琬和其他同学有所不同吗？"

"察觉啊，琬琬比其他同学聪明多了，能将《孟子》倒背如流，对我又好……"

"那，你有察觉，她是个女娃娃吗？"

"娘，您没和我说笑吧？我才不信呢。我端去给琬琬尝尝。"

说着，江枫三步并作两步，熟门熟路地将一碗豆沙角儿端到琬琬家的后门口头，"琬琬，来，尝尝上次我们聊过的秘方——'豆沙角儿'，娘做好了，快来尝尝。"

琬琬尝了一口，道："虽然面皮有点硬气，口感还不错。"

"江枫，如果以后你取了媳妇，媳妇喜欢吃，你会给他做吗？"

"要是媳妇喜欢吃，当然给他做了。"

"那好，我要吃里面夹黄豆馅的，夹绿豆馅的，夹花生馅的，夹芝麻馅的，哈哈哈。"

"又犯傻了。"

不觉间已至小寒节气，小寒大寒无风自寒。董老爷子家四个女婿共来拜见，老爷子道，"今儿我叫你们丈母娘做了几块热乎的红烧肉，这样，我们来定个规矩，每人吟一诗句方可食肉，若说不出，只许喝酒，从东到北说起，现在开始。"

大女婿坐东边，他首先吟道：东方甲乙木，动筷先吃肉。说着先动手夹了一块肉吃上了。

二女婿坐南边，他接着吟道：南方丙丁火，吃肉要选大。说着选了一块最大的开吃了。

三女婿坐西边，他续道：西方庚辛金，吃肉要选精。说着选了一块瘦肉津津有味吃起来。

　　四女婿素来和势利的老丈人不和，只见他此刻眼珠咕噜一转，诌了一句：北方壬癸水，吃肉要两块（宁波人"块"和"水"同韵母）。说着把两块肉全部吃掉了。

　　这下子，可怜这老丈人就没得吃了，原本只想刁难一下四女婿，结果搬起石头砸了自己的脚。

　　老爷子无奈念叨了一句：中央戊己土，丈人老头喝点卤（卤：汁水）。

　　这时，在后厨帮忙的江枫端上来一碗咸齑大黄鱼炖（溁）豆腐，补了一句：中央戊己土，大黄鱼炖豆腐。终于给老爷子解了围。

　　……

　　临近新年，应酬渐多，董老爷子数次贪杯，多喝了点小酒，脾胃不太舒服，是日正值城西梁山伯庙举行庙会，琬琬约上江枫准备前往，董母嘱咐道，"早些回来哟，若有和胃理气的药材食物，记得给父亲带些回来。"琬琬应允。

　　庙会上人来人往，摩肩接踵，小摊小贩招呼着他们各自的宝贝，唱戏杂耍做糖人的吆喝着各自的绝活，好不热闹。可惜，天公不作美，淅淅沥沥下起了雨，渐渐地越下越大。

"落雨了，落雨了，江枫，我们还是到那边的梁山伯庙躲一下吧。"

"好嘞，"到了庙里，江枫脱去外衣，找来炭火烤了起来，琬琬则躲到梁山伯像的帷幔后头，脱去长衫扔给了江枫："有劳江兄替小弟烤一下哈。"

"一大老爷们跟个娘们似的，还将自己遮起来，羞不羞啊。"

天渐渐显露暮色，在炭火的照耀下，江枫看到琬琬脱去冠帽，长发垂肩，露出颈后白腻如脂的肌肤，玉指纤纤，睫毛密长，明艳动人。

江枫只觉耀眼生花，不敢再看……

琬琬感到身上寒冷，走到江枫身边共同取火，又轻轻往他肩上倚靠，江枫见她娇怯畏寒，轻轻搂了她一下，又把她被风吹乱了的秀发理了一理。琬琬打了个呵欠，向着他望了望，脸色就像一朵初放的小花。

突然，江枫猛地站起来，"我我我是不是有病？"他拿起一根炭木朝着自己脑门敲了一下，"琬琬，咱俩情同兄弟，今日何不跪拜梁大人，从此结拜兄弟？"

琬琬微微一笑，道："好呀！"

于是，二人面朝梁县令像，双膝跪地，叩拜起来：

"皇天在上，厚土在下，梁大人为证，我董琬，我江枫，今结为兄弟，从此有福同享，有难同当，不求同年同月同日生，但求同年同月同日死。"

"县令大人，求您保佑，保佑我爹，早日康复！"琬琬道。

正在这时，琬琬盯着梁大人的像看得出奇："江兄，你看，梁大人像上头的屋顶有漏雨。"

"嗯，我也看到了，这有啥好奇怪的。"

"你想啊，梁大人像的左前方放了供奉的白米，雨落在他的'面'上，记不记得师父曾给咱说过一个古字，表人的下巴、面颊上的胡须？"

"记得啊，是'而'字。"

"那这个米，雨，而，合起来呢？"

江枫立刻答道："糯！"

"是啊！江枫，这梁大人是不是暗示我给爹爹做点糯米吃啊？"

江枫道，"这主意不错！记得我爹爹曾说过，中医有云，糯米性温味甘，能温暖脾胃，补益中气。糯米营养丰富，可称得上是温补强壮的食品。"

琬琬道，"我们何不将之前所创的红豆角儿换成糯米皮呢？"

江枫道，"好嘞，回去试试。"

正当他们为这新主意而欢喜时，琬琬一不小心，将随身携带的手绢掉了出来，这手绢可是她亲自绣的，上面绣着两只蝴蝶，针脚细密，女红精致。

"你怎么像个女孩子家似的，还带着方帕。"

琬琬羞得脸上泛起了一阵红晕，她抬头望望梁

山伯像，心想，哎，梁大人，我这江兄的脑袋和您当年真有的比。

回到家里，董老爷子尝了孩子们做的点心后，果然面露喜色，可他要求甚高，道："糯米皮甚好，很软，可这馅料不够鲜美，吃得淡索索的。"

这下又给俩娃出难题了。正当他们束手无策时，只听后院有哼哼唧唧的声音，原来是猪圈里，家养的花母猪在召唤他们。

"琬琬，哼——哼——琬琬，"

家里的花母猪竟然讲话了，琬琬甚感惊奇。

吃吃饱，困一觉，三十年夜，戳一刀。难不成这花母猪有什么岁末嘱托？

"琬琬，大年三十了，我时辰已到。但我老猪身上的板油可是一宝，做很多菜不可少。"

"啊，您，您说"

"记得，将我身子内猪板油去膜绞碎，和上炒熟碾碎的芝麻加糖制成馅，将糯米制成不干不黏的水磨粉，以此为皮坯，包馅搓圆。倒入沸水，再改

152

用小火煮，浮在水面了即可给你爹食用。"

琬琬、江枫依言行之，隧将做好的猪油圆子端给董老爷子吃，老爷子看着碗里皮薄而滑，白如羊脂，油光发亮的圆子，动了食欲。一咬开皮，油香四溢，糯而不腻，滑润味美，终于赞不绝口，精神也好了许多。

这时，只见平日大剌剌的董琬一改男装打扮，换成了女儿身，只见她一身鹅黄，发上束了条金带，一映之下，灿然生光，姣美无匹。

江枫不禁看得呆了。

琬琬笑道："怎么？不认识我啦？"江枫听她声音，依稀似平日的董兄弟，但一个大剌剌的小爷，怎么会忽然变成了小仙女，真是不能相信自己的眼睛。

琬琬嫣然一笑道："爹爹，我给您唱个小曲儿吧。"只见她启朱唇，发皓齿，一缕清声婉转而出……

东风夜放花千树，更吹落、星如雨。

宝马雕车香满路。

……

众里寻他千百度，蓦然回首，那人却在，灯火阑珊处。

江枫一个字一个字地听着，清音娇柔，低回婉转，听得他如痴似梦，这可不就是辛弃疾的《青玉案·元夕》吗？

他不禁用双手揉了揉眼睛——原来，娘说的是对的。

"爹爹，您给这道美食起个名字吧，"

董老爷子想了想道："北方有元宵，可没有馅料，我们这团团的汤点可有馅料，美味多了，就姑且叫它'汤团'吧。"

从此，明州一带便开始时兴在岁末迎新时，煮食汤团。汤团象征着合家团圆美满，吃汤团也意味着在新的一年里阖家幸福、团团圆圆，渐渐便成了过年的必备美食。

这时，刚刚诞下一对龙凤胎的四姐姐戳了戳一旁的夫君，四女婿心领神会，应和道，"爹爹，咱家小毛头们还没有名字呢，您给您外孙们也起个名字吧。"

"这还不容易，一个叫'汤汤'，一个叫'团团'。"董老爷子捋了捋胡子满意地笑了。

后面的故事自不赘述了，江董二人终结连理，这种起于明州的新奇食品"汤团"也从此妇孺皆知，名扬天下。

有诗云：

雪白粉团用糯米，

猪油芝麻甜蜜蜜，

甜而不腻转口鲜，

宁波汤团有名气！ ①

---

① 改编自梁家骅老师的诗词。

宁波

波

汤

团

下

宁波汤团的传说（下）

20 世纪初，甬城有户江姓人家，家境贫寒，父母膝下只有一独生儿子，取名"江定法"，为了好养活，父母又给他取了个小名"阿狗"。

为了生计，阿狗小小年纪就开始跟着大人出海做了帮工，船上的大人都唤他"阿狗"，渐渐的"江阿狗"这个名字反而比他的大名更响亮。

阿狗的母亲应氏，做得一手好点心，尤其是汤团。每次出海前，她会早早起床，亲手给孩子做早点，阿狗吃着油香四溢、热气腾腾的汤团，内心特别温暖。这一日，母亲包的汤团可有所不同，每只汤团都拖了一条小尾巴，像一条条小鱼。

"哈哈，娘，您搞新发明啊，今天的汤团看着像一只只白色的小蝌蚪呢。"

"是啊，好看不，小蝌蚪找妈妈，娘也盼着你平平安安回来，回家来找妈妈。"

"放心吧，娘，我会自己照顾自己的。"

海上的日子苦饿参半，饱受苦难，阿狗常常做一个美梦，娘在梦里喊他："阿狗来啦，来来，吃汤团。"

不觉间，阿狗已成年，母亲想，做苦力不是长久之计，掌握一门手艺才是正道。于是，她决定不再让儿子出海，转而到三北的顺和祥开始学做生意。

顺和祥是一家卖南货的铺子，阿狗在那里开始迎接人生新的挑战，当学徒有当学徒的难处，他忍气吞声，寄人篱下，对掌柜毕恭毕敬，对顾客笑脸相迎。

江阿狗打小聪明勤快，头脑活络，三年的学徒生活虽一晃而过，但他却掌握了一门重要的生意经：做生意要讲诚信，吃得小亏，方才有大的进账。当时，掌柜一心想留他在铺子里帮忙，但刚刚二十出头的阿狗，已打定主意回家照顾母亲。

母亲素来信奉男人"先成家后立业"的古训，阿狗归来第一件要完成的事就是成亲。媳妇何凤秀从奉化来，善良可爱，吃苦耐劳。

洞房花烛夜，阿狗问凤秀，"我们家孤儿寡母的，也没什么家底，你为何愿意嫁我？"凤秀的回答出乎阿狗意料，"我吃过咱妈送来的汤团，又大又甜，觉得到你家也苦不到哪里去。"阿狗细细打量着自己媳妇，白白圆圆的脸庞，炯炯有神又黑又亮的大眼睛，温婉可爱，倒是和娘包的汤团有几分相似。

婚后，凤秀孝敬长辈，把家务事也料理得妥妥当当，还给家里添个胖儿子，并且经婆婆指点，凤秀也能做得一手好点心。一日，阿狗一边抱着襁褓中的娃，一边想，现在家里添了人丁，街坊邻里也都夸赞母亲的汤团包得好，为何不摆个卖汤团的摊子？挣来的钱还能给娃多弄点吃的。二人和母亲一商量，母亲很是支持，于是一家人关了老屋的门，带着之前攒下的一些银两，来到了宁波城隍庙摆起了汤团摊。

阿狗为人和善，客人要多加点白糖、桂花，他都一一照办，有了一拨固定的老客人。一开始，摊子只卖汤团，不过他很快就意识到，只卖汤团是不

行的，花色品种得多一些才能吸引客人，于是他们不仅做了各种馅料的汤团，豆沙馅、芝麻馅、黄豆馅、花生馅……而且又准备了酒酿圆子、豆沙圆子，白果羹等多种甜点，这样一来，到摊位吃甜点的客人日渐增多了。

整整四年，江阿狗的汤团摊终于在城隍庙小有名气，他用攒下的辛苦钱在开明街的泰和桥边租了间店面，终于将他的流动摊变成了固定店面，姑且取名：四季春甜食店，但要想招揽更多的顾客，得想个新奇有趣的招牌，这名儿该怎么取更吸引人呢？没读过书的阿狗犯了愁。

不觉间，又是一年的农历三月初一，宁波西乡高桥梁山伯庙又将举行庙会，阿狗也准备去赶庙会摆摊头，而此刻萦绕在他心头的倒不是多卖几碗汤团，而是老思忖着他新店的招牌。

散了庙会后，江阿狗来到梁山伯庙，毕恭毕敬地下跪叩拜起来："梁县令，您素来为民办事，受人爱戴，今日您给阿狗出出主意吧。"说着，从包袱里取出两只酒杯，一边拿出自家酿制的糯米酒，斟满两杯，一杯供奉，一杯自饮，一边喃喃自语起来：

酒往低处流，人往高处走，今日江阿狗，招牌让人愁……

不觉间，他就倚靠在庙墙角睡着了。许是这家酿糯米酒起了作用，抑或许是前些天看了宁波越剧团的《梁祝》演出，恍惚间，他仿佛看见风华正茂时的梁山伯与女扮男装的祝英台同窗同学，十八相送的情形：

山伯在左，英台在右，走在山间。

梁山伯道："左边缺一半，右边空一半，猜一个字。"英台道："这个不难，你看 ——"说着，拿折扇在空中写起水缸的"缸"字来。

山伯点点头，又道："薄扇脚跟，木瓢嘴唇，赛跑不行，游水最能，猜一动物。"英台抿嘴一笑道："这个也容易，可不就是鸭子嘛。"

山伯又点点头，出了第三道题："无端咬着亲情客，独它尤念主人归，仍猜一动物。"

没等英台回答，只听屋外黄狗汪汪而吠，二人相视一笑••••••

忽然，梦醒了，江阿狗睡得正酣，一听黄狗叫，酒醒了大半，却倦得起不了身，原来梦里梦外，都是黄狗搅了局，但梦境却如在眼帘。

缸——鸭——狗

这可不就是我江阿狗名字的谐音吗？阿拉宁波话里，"缸"同音"江"，"鸭"同音"阿"，阿狗顿悟，这可拿来做我的新店招牌啊！于是，他欢天喜地地再次叩拜了梁大人像。

阿狗自己识字有限，就请来了宁波越剧团小有名气的舞美设计王云标先生，在招牌上画了一只缸，一只鸭和一只黄狗，中间嵌着"汤团"两个小字。于是，这张新颖的活字招牌便产生了，从此"缸鸭狗"汤团店的名气越来越大。

有了这亮闪闪的趣味招牌，阿狗家的生意越做越火，因而，他对原料和制作工艺更为讲究，糯米粉选用媳妇老家奉化产的上等白糯米，俗称"奉化糯"，淘洗后用清水浸泡一周，细细水磨，入布袋榨干；馅儿用优质有厚度的肉猪板油，剥皮，绞烂，加上经过淘洗炒熟，舂碎，筛去壳后的上等精品黑芝麻，白糖也是最好的。

阿狗对徒弟们说，搓汤团一定要有手心的温度，就像京剧大师梅兰芳先生翘兰花指，越剧演员甩水袖，要轻巧熟练，"先搓成小核桃大小的丸，再放入糯米粉中，搓成杨梅般大小的汤团……"

日子就这样一日一日地在包汤团，煮汤团，吃汤团中忙碌地度过。

而至亲的永别仿佛总是突如其来又仿佛是意料之中，是每个人的人生中一道极不愿逾越却终究要面对的坎。

一日，母亲病重，弥留之际，阿狗再次在榻前，将一碗刚煮好的汤团端给母亲。

"阿狗啊，这怕是为娘最后一次吃你做的汤团了。"

"娘，您千万别这么说，病会好的……"

"哎，我自己的身体自己知道，时辰到了。阿狗啊，娘走后，你始终要记住两样东西：

"阿拉传家的汤团手艺，继续厚德诚信做生意。"

江阿狗噙着泪，将母亲的传家手艺和临终话语牢记于心，此刻，窗外一阵桂花飘落，撒了一地。

桂花可是母亲生前最喜欢的花，母亲离去后，阿狗每每看到桂花雨，就会回想起她老人家的点点滴滴，于是他研制了一种独门糖桂花的制作工序。

左手糖，右手花，时间沉淀桂花香。

阿狗制作的糖桂花对于出锅的猪油汤团而言绝对是画龙点睛，是"缸鸭狗"的高颜值调味品，也成了后来这家百年老店非常特别的产品。

桂花的花期很短，只有一个月。一碰到刮风下雨，可能就闻不到桂花的香味了。江阿狗只采不落地金桂花，因为桂花一落地，香气远不如枝头清新浓郁。阿狗使用的金桂花来自母亲的老家，东海之滨的象山。得天独厚的气候和地势，使象山的金桂花最为出名。

一层桂花，一层白糖，经过六道工序酿制而成，后人将其取名为"阿狗六道"：选材、浸泡、磨浆、压榨、制馅和包制。如今，这六道传统技艺

经过师傅带徒弟的模式，经过百年的积淀依然在"缸鸭狗"传承着。

糖桂花的做法并不难，只需用糖和桂花一层一层地压榨，然后在大桶里慢慢腌制即可。但过程繁琐，只有有心人才能酿出真正美味的桂花。

桂花采摘过筛，选择最好的桂花，洗涤干燥后加入少许糖和盐，把其中的水沥干，放入缸中：一层桂花，一层优质白砂糖，一层一层压制，慢慢腌制三个月后，糖桂花大功告成。

经过时间的沉淀，浓郁的桂花香能散发出一股甘甜的味道，舀一勺放在汤团上时，无疑是锦上添花。

三分在于品味，七分在于匠心！

《礼记·礼运》有云：饮食男女有大求生。糯米是温和的滋补品，具有补虚、养血、健脾暖胃等作用；芝麻有补肾乌发之功效，桂花的花语也有美好、吉祥之意。凡仕途得志，飞黄腾达者谓之"折桂"。江阿狗也堪称宁波小吃、宁波汤团制作的折桂之人了。

画龙点睛的香甜桂花，洒在面上，夹杂着糯米和芝麻的香气，加之汤团制作本就精细，糯糯饱满，顺滑爽口，柔软细腻，刺激着南来北往的食客们贪婪的味蕾，令人胃口大开。

　　江阿狗秉承着母亲的手艺和匠心，从城隍庙街口一家无名的露天小摊，一步一步发展到众人争相品尝的老字号品牌。如今，这家在现代管理体制下的老字号全新门店，已有七十多种传统点心，除猪油汤团外，还有龙凤金团、水晶油包、春卷、素烧鹅、八宝饭、牛肉面等大众美食。

　　三更四更半夜头，要吃汤团"缸鸭狗"。

　　一碗落肚勿肯走，两碗三碗上瘾头。

　　一摸铜钿还勿够，脱落布衫当押头。

　　汤团迷们编写了这段顺口溜，流传至今，宁波汤团也因此更加名扬四海。

眼

你是我的眼

一

我从小对斑斓的色彩有着莫可名状的喜爱，喜欢转着万花筒对着光看，喜欢在雨后看大自然赏给人间的礼物 ——彩虹：红橙黄绿青蓝紫。

紫，唯独这个颜色却在我的记忆中悄无声息地离去了。

那是在我八岁那年，爸爸的车在高速上飞驰，我坐在后排，对着车窗外广告牌上的儿童节目 ——七色花看得入迷，不知不觉竟将小小的身体探出了窗外。而下一秒我完全无法控制自己的身体，猝及防地来了个 180 度大转弯，我彻彻底底翻出了车外，而爸爸对此却毫无察觉，继续开着车。

我吓得哇哇大哭，这时边上车道的司机叔叔立马停下来，迅速将我抱起。万幸！就这样我捡回了一条命。

到了家，妈妈责怪爸爸太马大哈，责怪我太不小心，我也觉得高速公路上的一幕实在太惊悚了。我当时心有余悸，老天爷爷保佑，大难不死，必有后福。

可是，由于我的大脑受到过度刺激，我得了一种非常奇怪的病——紫光眼。这是一种医学界迄今为止没有办法治疗的眼科疾病，发病率只有千分之二。

我竟然没有办法辩识紫色了！

与此同时，医生告诉父母，不可让孩子劳累，情绪浮动不可太大，不然很有可能加剧色彩辨认困难情况，即没有办法辨认促成紫色的红色和蓝色，甚至只能辨认黑白。我小心翼翼地看向医生叔叔，把整个小人的身体都埋进了妈妈的腰间。

从此，在我的世界里，茄子是靛蓝的，葡萄是靛蓝的，我很想知道地理老师口中法国普罗旺斯的薰衣草海洋是怎样一番景致，历史老师口中埃及艳后华贵的紫袍是如何高贵迷人……

我变得沉默，不爱说话，班上的古惑仔大熊、二狗、三胖经常欺负我，不是趁我不注意在我背上

涂涂画画，就是顺道拐走我的铅笔橡皮，我忍气吞声，并不和他们理论。

唯独莫小伊经常看不下去，出言相救。

莫小伊是我的后桌，也是班上的二道杠，每一次男生们对我展开攻势时，她总严肃地喝道，不要吵了！那些战火立马被扼杀在萌芽之中。

而也是从那时起，我晚上睡觉常常出现这样的梦境：一对古代佳人，一男一女对视而坐，四目间浮过清澈的痴……但年纪尚小的我对此懵懵懂懂，也不和大人们提这频频出现的梦境。

每周一次的美术课又来临了，老师开始下发水粉纸。

我正犯愁今天的葡萄该怎么下笔，坐我前面旁边的阿萍扭过头来热情地问我，

喂，孙鸿飞，要帮忙吗？我来给你调个紫色？

没等我答应，她就把自己的调色盘递给我，指着其中一格说，喏，用这个！

不用，我自己试试。

我只是一次又一次地想试验，看看红色和蓝色

如何可以在我的眼前出现奇迹。

这时，莫小伊拍拍我的肩，递给我一支颜料管，上面写着"紫罗兰"。

试试这个。

我看到这么美好的三个字，立马接受了。

阿萍愤愤地收回调色盘，皱了皱眉头，撅了撅嘴巴。

坐她旁边的大熊扶了扶眼镜，凑上前去，一把抓住调色盘。

阿萍，给我用吧。

去你的，我自己还不够用呢。

这么一大坨你都不够用？你打算发展葡萄园种植经济啊！

给我给我！

两个人争来争去，我案头的洗笔杯也跟着扭动起来，看着它哆哆嗦嗦的样子，我立马举手示意美术老师，终于一场暴动被制止了。

紫色，到底有多少魅力！

埃及艳后为了取悦凯撒大帝，为制作自己的紫

色长袍浸泡了一千只蜗牛才酿出一盎司的紫色。

《倚天屠龙记》中紫衫龙王黛绮丝的出场，是谢逊的回忆，"那日穿了一身淡紫色的衣衫，她在冰上这么一站，当真胜如凌波仙子"——遥想光明顶上，碧水潭边，紫衣如花，长剑胜雪，不知倾倒了多少英雄豪杰。然则，紫衫龙王美虽美矣，性格极端，为了爱情，为了她的千叶先生不顾一切。

《飞狐外传》中的袁紫衣，一袭紫衫，体态婀娜，面目甜美，神色却严峻冷傲，手莹白如玉，握着银鞭，虽年轻纤弱，但说话的神态中自有一股威严，而故事最后，她却选择忍痛离开心爱之人——胡斐痴痴望着紫衣的那一幕，无不充满着悲剧色彩。

《大话西游》中紫霞仙子与姐姐青霞仙子原是如来佛祖的灯芯，由于她只羡鸳鸯不羡仙，为了寻找自己的爱情不顾一切私下凡间，当紫青宝剑被拔出鞘的那刻起就注定了她悲剧的一生。

我的意中人是个盖世英雄，有一天他会踩着七色云彩来娶我，我只猜中了前头，可是我猜不着这结局。

　　你又明不明白，我已经不是神仙了，我只明白一件事，爱一个人是那么痛苦！

　　如果不能和我喜欢的人在一起，就是让我做玉皇大帝，我也会不开心呐！

　　现在我郑重宣布，这座山上所有东西都是我的，包括你。

　　仿佛在小说里，和紫色有关的都是一些为了爱情的刚烈女子。每次看到书里的女主角，我就会把她们想象成莫小伊的模样。

　　现在我郑重宣布，这田园里所有的果子都是我的！

　　此刻的大熊兜着披风，带着太阳帽，吆喝着他的小伙伴，仿佛自己就是山大王。又一个仲夏到了，村里薛大伯的葡萄园又呈现出一番美丽的景致，他种的葡萄如乒乓球那么大，并且蜜甜可口。

　　这次对于大熊的邀请我倒是接受了，我真想看看紫葡萄到底有多美，到底有多大，于是就跟着这"山大王"偷偷溜进了阵地。葡萄园的美景一览无余，有的呈椭圆形，有的真如乒乓球那么大，有的

如小拇指般，我顺手摘下几颗送进嘴里，甜到爆。

自然，颜色方面的意外没有发生，除了绿色外，我看到的都只是浅蓝、靛蓝、深蓝……

薛大伯葡萄园门口有一棵硕大的樟树，据说有1500多年的历史，它仿佛一位老神仙守护着村里的老老少少。当然它最显而易见的功能就是守护这片葡萄园。可当我想和其他同学一样从葡萄园翻出来时，却被大樟树上一个防盗的大麻袋挂住了。

天哪，这下糟了，我挣扎了几下，根本没有办法出来，而自己又胆小不敢喊，怎么办！怎么办！

瞬间，我觉得自己像《西游记》里贪财好色的二师兄，没有过三位美女佛祖考验的那一关，被吊在树上，只是我的胆子远不如二师兄大。

这时天色渐渐暗下来，我的恐惧感越来越强。

一个声音在我耳边响起，

孙鸿飞你在干什么？

我定睛一看，原来是莫小伊。

小伊快救我。

你怎么会在这里？

我……

待那别动！

小伊使出她浑身的力气，终于把我从麻袋中拉了出来，豆大的汗珠从她脸颊滑下来，那一刹那，她的眼里闪着胜利的光芒，颇有一种美女救狗熊的成就感。

哈，我知道了，你肯定是想来偷吃我舅舅家的紫葡萄吧。

这紫字一出口，小伊自己也觉得撞上了什么雷区。

不不，我只是，想看看，紫色。话说，这是你舅舅家？

对呀，舅舅的葡萄园远近闻名呐。唉，你，可怜的娃，这么独一无二的颜色看不到，彩虹中最后一道颜色。

说罢，小伊开始介绍起来，

紫色，是一种高贵神秘的颜色，略带一点点忧郁和孤独，它是由温暖的红色和冷静的蓝色化合而成，是极佳的刺激色。在中国传统里，紫色是尊贵

177

的颜色，可以代表权威、声望和精神，那，我考考你，北京故宫又称什么？

紫禁城？

对了！

道家里的祥瑞之气，称之为什么？一个成语

紫气东来？

Bingo！

我就喜欢紫色，妈妈常常穿紫色的裙子，高贵优雅……

小伊绘声绘色地向我描绘着，后来，每周三下午放学，我们时常会不约而同地爬到大樟树的枝杈上共看云彩，看日落。

有一天小伊拿来一本经书开始给我念：

求你保护我们，如同保护眼中的瞳仁；将我们隐藏在你翅膀的荫下……O God! Keep me as the apple of your eye; hide me in the shadow of your wings.

小伊英文极好，她的声音如涓涓细流缓缓进入

了我的心田。

为什么你的眼睛会变成这样？

我如实地将小时候的经历告诉了她。小伊听得目瞪口呆，原来那天他和爸爸妈妈也在高速上，正是小伊的爸爸看到了我之后立马把我抱起，救了我的命。

从那时起，我渐渐觉得小伊就是我的守护神。

二

岁月匆匆而过，转眼我们进入了中学生活。

我、小伊、大熊又分在了一个班。而我的个子长高了，这次坐在了小伊的后面，坐我后面的是长得更快的哥们儿大熊。

每次老师上课时，我总在细细端详着她那条高高竖起的马尾辫，白皙的脖颈，侧影可以看到她长而浓密的睫毛。

每一次传试卷时，我总希冀着小伊的手可以碰到我的手指，但，一次也没有。

　　有一次午自习传作业本，小伊随手将一沓本子传到了我的头上，怪只怪我当时把头埋得太低，差点把本子掉落，于是我赶忙伸手护住本子，不想却碰到了她的肌肤。

　　顿时，我俩都有一种触电的感觉。

　　我迅速将本子传到后座的大熊那儿，可大熊正在搞颜值业务——用圆规捅他刚冒出来的青春痘。

　　大熊常常说，颜值即正义。他每天梦想着亲眼见他的女神关之琳，我这一碰，正好让他失手将圆规戳入皮肤里，疼得他哇哇大叫。

　　啊，对不起兄弟。

　　我立马道歉，唉，毕竟我是鸿飞，不是飞鸿，身上虽无半点功夫，但心里也怀揣希望，希望有朝一日，我也能和我的十三姨双宿双栖。

　　晚上，儿时的梦境又一次出现。

　　一男一女对视而坐，四掌相合，仿佛在练武侠小说里的神功。但我始终看不清他们长什么模样，总觉得他俩是帅哥美女，也许是白天偷看小说看的吧，唉，不想了。面对着每天堆得山一样高的作

业，我无奈地叹了口气。

好景不长，小伊的位置被老师调整了一下，和我整整隔了一大组，我沮丧得感觉像隔了一座山。

有一次，大熊开生日聚会，把我、小伊、阿萍、二狗、萌萌等近十个同学都请到了他们家玩。

好不容易碰着了个机会，我坐在了小伊旁，可我右边的位置却让阿萍捷足先登，整个派对上，她不是向我问这问那，就是给我热情地倒可乐，搞得我好不自在。

只是呢，阿萍也有可怜的身世，妈妈是精神病患者，小时候，我曾看到她妈妈在河埠头拿着瓢，穿着雨鞋，然后往自己的鞋里灌水，年幼的阿萍觉着好玩也跟着做，一瓢接着一瓢，仿佛要倒尽天下所有的苦楚和无奈。

其实她也不知道，在河对岸也有一个小顽皮在频频学着她给雨鞋灌水，后来成了她的同桌，那便是大熊。

大熊说，阿萍闭嘴的时候像关之琳，我羡慕大熊能大剌剌地将自己喜欢或痛恨的事物直接脱口而

出，而我只愿意写下或画在纸上。

初中毕业了，同学们各自有了不同的归宿，我进了省城上重点高中，而小伊跟随父亲南下，只是在毕业时，她默默地在我的桌上留下了一盘碟——星爷的《大话西游》，从此再无任何消息。

时光匆匆而过，大学毕业后我成为了一名建筑设计师，我虽热爱绘画，但因为眼睛的原因，最终还是选择了没有色彩需求的工作，每天接触的就是黑白。

工作后的日子就不像念书时那样有明显的坐标了。一年又一年，身边的朋友一个个结婚了。我已过而立之年，父母始终催着我赶紧物色好姑娘，可我对此却提不起兴趣。

我又想起了紫霞仙子的话：

如果不能和我喜欢的人在一起，就是让我做玉皇大帝，我也会不开心呐！

当我工作疲倦的时候，我的梦境中又会出现少年时梦境中的那一双人，

梦醒的一刹那，我试图想努力记住刚刚浮现在

脑海中的情形，仿佛它要转瞬即逝似的。我放纵地将自己想象成那男子，将那女子的想象成小伊……长发披肩，一袭白衣，双眼紧闭。

我讨厌这样频频出现着，让我的身体变得汗涔涔湿漉漉的梦境，却又贪婪地不停地在梦后想象着憧憬着。

我时时怀念着，怀念着那个曾经多次救过我这英雄，啊不，这头狗熊的美女，不知道她和她的家人此刻身在何处。

一天晚上，我从单位出来已经很晚了。路过栎木路街区的拐角，我突然发现前面两个女的在争吵。一个金色卷发，一个黑色直发。

金卷发恶狠狠地说，我不是已经道过歉了嘛，然后不停地抓黑直发的直发，可黑直发却不是她的对手。

这么激烈的场面，我只记得以前在《动物世界》里见过，有种水雉就是这样的，雌性个子大，为争雄性而打斗。

眼看这俩水雉打斗得如此激烈，好似黑的毛发

都有不少损落，我赶紧上去阻拦。

住手！住手！不准打人！

我一把抓住金卷发的手，将黑直发护在身后。

你！

路灯下，我定睛一看，他俩不是别人，正是我那久未谋面的两位老同学，阿萍和小伊。

阿萍一身酒气，浓妆艳抹，俨然是刚从酒吧夜总会之类的地方出来。多年不见，竟变得洋气很多。只是我辨别黑白的水平优于常人，那浓浓的烟熏妆终究遮挡不了眼角岁月的痕迹，毕竟十多年过去了。

突然一辆保时捷傈地我从身边开过，那两束远光灯仿佛在彰显着他的身价和傲气。车里的人探出头来，他戴着的墨镜也遮挡不了他的真面目，啊，不，是遮挡不了他"正义的颜值"，此人，正是大熊。

阿萍，回去，别在这丢人现眼。

毕业后阿萍嫁给了大熊，但大熊好赌，欠了一屁股债，屡次劝阻终是不听。阿萍百无聊赖，只能

诉之于酒吧，借酒消愁。

看着阿萍和大熊从视线中离开，我开始细细端详起小伊，白净的肌肤，清亮的双眸，岁月并不曾改变小伊什么，反而更让她散发出一种知识女性的魅力。

小伊你怎么回来了？这么多年杳无音信的。

是啊，爸爸，开始开拓大陆的养生市场，推广一些花草精油，我给他打打下手。

大陆？

是啊，那会儿毕业我跟着爸爸妈妈先去了福建，随后到了海外，爸爸妈妈总不让我和同学们说这事，我当年也就只能和大家不辞而别了。

十多年后的重逢，我们的话匣子由此打开了，小伊讲她在福建和海外的种种经历，我讲述自己如何大学毕业读了硕士，成了建筑设计师。

好像时间是这样轻描淡写地过去，但生活和内心总有波澜。

鸿飞，你的眼睛怎么样了？

　　老样子，只是现在我感觉辨别色彩的能力越来越弱，好像我就只能看到黑和白……

　　啊，那可不行，什么时候有空你到我的工作室来，我用我的方法来给你治治。

　　真的吗？有办法吗？

　　可以试一下。

　　通过我家祖传的药物和针灸。

　　但凡眼翳，多为肝肾不足，触及神明。按照家里祖传辨证医法，肝主目，眼睛主要在肝脏血液的滋养下发挥正常的生理功能，而肝肾是同源的，因此肝肾不足必然会影响眼睛……

　　我细细地听着。

　三

　　第二天，我来到小伊的工作室，浓郁的中国风，古色古香，正中挂着一张五行相生相克的图。

　　而进入小间，则是另一番景致，一阵异香扑鼻而来，房内放了小伊的写字台，边上是精致的小瓶

瓶罐罐。

中国文化的三大精粹便是中国画、京剧以及中医，中医药典籍不仅包含中医理论知识，同时蕴含深厚的中国文化和独特的中医思维方式：阴阳五行、气血精神……

小伊说，其实，我有四分之一的伊朗血统，我的外婆是伊朗人，在伊朗等波斯语国家，中医药的传播以针灸为主，其他中医药图书还不曾得到明显推广。

我恍然大悟，难怪你的头发睫毛都比一般人黑很多呢。

她不好意思地垂下眼睑。

中国和伊朗都是历史悠久的文明古国，丝绸之路和海上丝绸之路使中伊两国一直有频繁的贸易往来，也使两国在医药方面相互交融、影响。

小伊一边说，一边给我科普一些中草药常识，大学我读的是文学，但家族的行当就是这个，所以非学不可啊。

《本草纲目》中记载的蜜草、底称实、波斯枣

等五十多味药物，都是从波斯经丝绸之路传入中国。并且，波斯传统医学与中医相互借鉴和吸收了药性和主治功效。例如，肉桂性燥热、散寒止痛、治关节炎、胃痛等；大黄性寒、功效润下、治疗肝疼、便秘等。

这些来自中国的药物，可都在波斯医学著作中有记载呢，从药性、主治功效来看，与中医药学都有相似之处。而在中国《海药本草》《中药大辞典》中，均记载绿盐来自波斯国，其功效同波斯传统医学中记载相同，性寒，可以明目去翳，用于治疗眼科病，正适合你。

说着，她取来一个玻璃瓶，里面就盛着一些绿色细盐，到时候我给你用上！

小伊开始施灸了，她给我在丝竹空、精明、天应等大穴扎了针，一圈下来，我感觉身上直冒冷汗，仿佛自己是只受伤的刺猬，脚上的涌泉、足三里、太溪、昆仑等穴位也喂了针，说也神奇，二十分钟下来，眼睛清亮了不少，连听觉似乎都有提升。

经过了小伊近个把月的调理，我感觉自己的色彩辨识能力有了明显恢复，只是小伊要和父亲回台北了。

鸿飞你有时间吗？我想你的眼睛应该可以根治。

只是你要随我去海外，那里是我的工作基地，地理位置好，适合疗养，治疗设备也比我手头上带的好一些，就看你有没有时间了。

要多久？

七七四十九天。

七七四十九天？仿佛这是个小说里才频频出现的时间名词。

所有的事都需要坚持，你愿意试一试吗？

眼睛是自己的，我愿意试。

我向单位办理了年休假，随小伊飞往海外。

我和小伊登上一条小船，泛舟湖上，似乎让我俩又置身于故乡月湖的秀色之中。

鸿飞，有没有想起家乡的千丈崖？

是啊，好久没有回过老家了……

　　不知不觉就到了小伊此处的工作室。这里的工作室比她在宁波的更雅致，两处墙上各挂了小伊亲自画的阳明山水墨图、花鸟图。

　　她喜欢的那种花梗、花蕾、葡萄藤形的魅力曲线在柜子、栏杆上依然体现，地上则铺着带有清淡花纹的地毯，上面摆放相应的浅蓝色软垫。

　　一面硕大的书柜墙，边缘装饰着金色的瑰丽花纹，一列放着各色医药典籍，一列则摆放着各种小精油瓶。我正端详着这里的装修风格，小伊则用力推书柜的一侧 —— 里面竟然还有一间屋子！

　　真是巧妙！小伊带我来到里屋，里面的陈设稍微简单些，但依然如在家乡暂居的工作室那样异香扑鼻，一张带有烦琐花纹的床铺，床对面是一面蓝色木质雕花边框的大圆镜，床边的小茶几只放着两样东西，一壶枸杞酒，一件独特的几何图案的编织袋。

　　这里，唯有两件物件最吸引人，一是这面硕大圆镜，二是一张仕女图，图上女子长发及腰，一袭白衣，袅娜的身段，正在弹拨古琴，边上有诗云：

浮云一别后，流水十年间。

欢笑情如旧，萧疏鬓已斑。

　　说着，小伊就此铺开装备，认真细心地给我治疗眼睛，真看不出这细细小小的针还有这么神奇的力量。

　　是啊，这可是第一批国家级非物质文化遗产名录。"藏寒生满病，其治宜灸"，小伊一边颂着《黄帝内经》，一边从容地将银闪闪的针扎进了我的头部，足足有二十八针。加上腿上十多针，手上两针，我活脱脱变成了一只大刺猬。

　　说实话，刚刚扎进去的那会儿直冒冷汗，但渐渐的，我能和这些小针和平相处了。针灸过程，不仅养病而且养心，当然旁边的美女大夫，养眼。

　　日子一天天过去，我在小伊的悉心治疗下渐渐恢复着。

 四

　　小伊脱去浴袍，款款走下池来，尽情舒展自己疲惫了一天的僵硬身体，此刻我的内心又开始荡涤起莫名的悸动和波涛。

　　风，吹动着，四周的纱，飘舞着，盛夏的热浪虽然主宰着室外的空间，却阻挡不了来自远方的执着。

　　第一次我有一种缥缈着的感觉，好像灵魂离开了躯体，只为探求一个未来得及出口的答案。

　　我第一次大胆地盯着这个既熟悉又陌生的女子，小伊太美了。这时，我的眼神正巧与小伊相接，白天她大胆地向我行针灸，此刻却如小女孩般不好意思地垂下了脸颊。

　　唉，小心，有只小虫，我迅速帮她将虫子去掉，原来是一只可以发光的萤火虫。此刻，我实在离她太近了，这近得让我有一种冲动，伸出的手，只想紧紧抱住眼前这个美丽的女子，但我停住了。

在我的心里，她不仅是我的大夫，而且，是我的女神。

此刻，我竟然发现，她胸口有朵五瓣的紫金花，和我梦境中的一模一样。

泡了一会儿，小伊裹上浴巾上岸去了，留下一个呆呆的我。

小伊，

嗯？

你说的那片薰衣草我什么时候能看清？

明天，明天就可以！

小伊工作室的后院种了一片薰衣草花田，那种花香在风中的味道，真有穿越时空的力量，让每一个人都返老还童。可惜我一直没有办法懂得它色彩上的美。

远处晨雾朦朦，我从来没有像今天这样急切地希望太阳出来，这样急切地盼望看到太阳暖暖地照耀漫山遍野的薰衣草花田。

而此刻，我终于可以看清了！长得那么恣肆灿烂，那种带有蓝色的紫色，点点碎碎地缓缓汇成河流，织成了梦幻的霓裳，美得令人震惊，令人酥骨。

夏季本就是薰衣草的节日，那是一种纯粹的浪漫和诗意，如果可以在薰衣草花田里走一走，让和煦的风拂过脸颊，真是永生的记忆。

我和她终于踏上了这片紫色的土地，与之相连的，是葱郁的远山，静静的河流，偶尔飘来一两朵白云悬浮在这紫罗兰上，宛如印象派的风景画里自然的恒远韵律。

每一次我内心寂寞时，我便来到这片花田，想念着一位没有办法辨别紫色的旧友，不想，这么多年，还能遇见，不想，他此刻就在我身边。

听小伊这么说，我鼓足了勇气。

小伊，你曾说过，你喜欢紫色，代表着高贵、神秘、魅力，但你知不知道，紫，其实是代表着我对你的，我难以用语言表达的感觉……

等闲识得东风面，万紫千红总是 ——你！

不知不觉，已到我待在台北的最后一天。

那天，我将自己千挑万选的钻石戒指揣入怀

里，准备找机会送给小伊。

鸿飞，今晚是治疗的最后一针，可是有件事，难以启齿。

什么事，说吧。

今晚的治疗，恐怕要委屈你一下，脱去……我要取你，关元下的曲骨穴。

娶我？没问题，来吧。

我都没有察觉自己也变幽默了，

那是七夕刚过的十六，睡莲花开月正圆。

小伊将最后一枚银针小心翼翼地扎入我的曲骨穴，那里果真是军事要地，一针下去，整个军营偃旗息鼓，我俩一个脸上频频泛起羞羞的红光，另一个却是豆大的汗珠颗颗落下。

疗程终于结束了，小伊把每一根针从我身上取下，消毒后一一放入锦盒中。

感觉怎么样？

多谢莫大夫。

而这时，她抚去我脸上的汗水，我却认真地凝

望着她，我再也无法克制自己，忍不住一把抱住了小伊，将我的唇紧紧地贴在了小伊的双唇上。

第一次，我是第一次如此接触这渴望着的圣地，多少夜晚魂牵梦绕的身影。

我爱你，小伊，你知道吗？一直以来我都爱着你，所以我的心里一直没有办法装别的人。

不不。

小伊想解释什么，但此刻的我怎么会听得到否定词？

我，我要娶你，这是我唯一的希望，最终的期盼。

小伊仿佛还想解释什么，但是她的双手却也不听使唤地游走于我的每一寸肌肤，这每一寸肌肤所受的洗礼，何尝不是我内心所想象的……

相拥许久，小伊开口了。

鸿飞，我。

我已经是一个孩子的母亲了，原谅我一直没有跟你说。

啊！一刹那，我如当头棒喝。

他是个孤独症患者，我们毫无心灵上的交流，我没有那么伟大，我渴望着正常的爱。

说着，小伊两行清泪止不住地流下来。

此刻我内心翻腾不已，鸿飞鸿飞，你只是失去了判断色彩的能力，但实际上却是一头蠢驴，连一个处了那么久的倾心仰慕之人有没有结婚都看不出来，都没有试图真正去了解过小伊到底是怎样一个女人。

小伊继续着，我没有办法隐藏我对你的爱，从小时候开始我就喜欢有才华有内涵的你，可是那么久了，我根本没有想过在我人生中还有机会能够看到你，并且为你治眼睛。

我不想告诉你我已成家，我也有私心，我非常贪婪和你相处的每一分每一秒。

我一把抓起桌边的枸杞酒，咕嘟咕嘟狂饮起来。

不能那么喝，鸿飞，那是烈酒，离家千里，勿食枸杞……

可此刻的我早已把它当成了忘情水，一杯接着

一杯，

　　情怎么可能轻易被忘却？何况，我和小伊。

　　你属于我，你属于我，你属于我，我不断叨念着这句话，枸杞酒的浓烈霎时盘踞我的胸膛。

　　就这样，那晚我成长了。

五

　　一线阳光照射在房间里，照亮了黑暗了一夜的房间。

　　第二天，看着身边还带着倦容沉沉睡去的爱人，我内心无比自责，却绝没有后悔。

　　我无神地盯着窗外的天空，走出屋外，屋外的热浪肆虐着，一波一波地袭击每一寸所到之处。

　　拿起行李，我踏上了前往台北桃园机场的路，可是，我突然发现，自己精心挑选的戒指还在身上，那一对星月珠宝的背面写的那串英文字格外醒目：

I love you more than all the stars in the sky.

于是，我又折回到了小伊的住处。

小伊醒了，泪眼婆娑，我扶起哭得像个泪人儿般的心上人，忽然有种心如刀绞的感觉。我紧紧地搂住她，此刻我觉得我就是她真正的丈夫，让她靠在自己的胸前，拂去她所有的悲伤和眼泪。

我亲吻着小伊的额头，那委屈了她的泪，她的伤痛，她的无奈。

从那个早上开始，我们柔情缱绻，软语温存，难解难分。

我尽情地欣赏着镜子里两个俊美的身影，尽情地享受着她那让人销魂夺魄的美，白嫩的肌肤，顺直的长发，纤细的腰，丰腴的臀。

那晚，我将为她精心挑选的星月戒指牢牢地扣在她的无名指上。

你是我的，自始至终，都是我的。

从小时候，我们坐在老樟树上看星月起，我就在心中默定情意。

小伊跟我走吧。

不，鸿飞，我没法抛弃一切，这里连结着我后

半生的起始，我俩怎么能随意妄为……

又是不！

这个不字，在我的脑海中像一道魔咒，审判死刑的最终裁决。

我立刻上前堵住了她的嘴。

舌头像条蛇般滑着，一开始她还有所抵触，但渐渐的我们的舌像两条雌雄火蛇，所到之处，抹上了层滚烫的蜡油，燃烧着彼此从未感受过的激动与恨晚。

我紧紧抱住了她，将她整个压在墙壁上。上帝在创造人类时，似乎便因自身的喜好而偏了心，他分给男人的力量总是强过女人。小伊悄悄呼着气，我听到她心脏猛烈地跳动。在我的强行拥抱下，小伊又一次沉沉地睡去了。

飞机起飞的那一刻，我决绝地把小伊的名字在 LINE APP 里删掉了，既然没有办法得到，那就彻彻底底地去掉，感觉像是生离死别，或许终究有一天，那会是事实。

原谅我小伊，原谅我这颗爱你爱得变态了的心。

我想，此刻小伊一定又在哭了，怨我就这样不辞而别，我的眼眶也莫名地湿润了，就这样，我失魂落魄地回到了家。

就这样，我毅然回归到我的工作中，我虽然携带了小伊给我酿制的敷眼睛的绿膜。但是，没有她在我身边督促，我哪能坚持。

日子忙忙碌碌如流水从指缝中划过，从电脑键盘前流过，从一个个电话里穿过，虽然我的职位步步上升，年薪日渐殷实，我的两鬓却渐渐变白，眼前的视线从彩色变回黑白。

我已年逾不惑，但我依然孑然一身，仿佛周围的任何女性对我都没有吸引力，独独那个身影。

但这十年来，我始终保持着一些奇葩的习惯：看院线电影时，我总买两张票在电影院最角落，不管别人成双成对的，如何有说有笑，我的头都会靠在旁边的空椅子上，直到所有人都走了，我会对旁边的空位子说声"我爱你"，才起身走人。

去茶餐厅吃饭，点各类她爱的小吃，蚵仔煎、虾肉肠粉、蟹粉小笼，给自己对桌的位子放好茶杯，倒好椰汁，然后喃喃起来：亲爱的，这家餐厅和你口味吗？是不是今天又点多了？没关系，多吃点，你这么瘦……看着心爱的人美美滴吃饭是一种享受啊！来，我再给你倒点，啊？够啦，那好我自己喝咯……你今天抢优惠券了吗？天天只知道抢优惠券薅羊毛，啊？今天没有啊，那我买单了。

当我处理完公司的事务，不管多晚，我都会沿着栎木路慢慢地踱来踱去。有时是彻夜不眠后的清晨，有时是月黑风高的夜晚，哪怕是在冬天，哪怕峭厉的风像发狂的野兽似的吼叫……

晚上睡觉前，我和屋里的空气认真地寒暄一遍：亲爱的，睡了吗，好，等我刷完这波新闻就睡，啊，这么晚啦，的确得睡了，明天还要早起去慈溪。

由爱生恨，由爱生痴，由爱生念。从别后，嗔恨痴念，皆化为了寸寸相思。

我早就将小伊从 LINE 中恢复回来了，可是那

一头却杳无音信。

她给我的绿膜我三天打鱼两天晒网地，磨磨唧唧地用着，这么多年还没用完。

那一天，我重新拿起药膏开始抹，把自己的眼睛死马当活马医，一天，两天，可当我用完的那一刻，我发现，罐子底部居然有一行字：感谢坚持，继续坚持。

我心口不禁一阵疼痛，盒子里竟然又有一个隐蔽的隔层，当我打开隔层，里面藏着几十片小纸片和一封信。

哈，鸿飞，我就猜到了，老实招来，药用了多久？不过，这会儿你终于用完了，要表扬，药要继续用，记得问我要啊，还有这里共 100 张小纸条，在敷眼睛时每日读一条，这可是我给你的独门锦囊妙计啊！

原来这是小伊煞费苦心为我定制的心灵鸡汤，每一张纸条上都写着一句励志的话，小伊就是怕我回去放弃巩固治疗，通过这种方式每天让我打开一条看。当她给我准备纸条的时候，我想她压根也没

想过我们会再一次失去联络。

我不禁恨蠢猪一般的自己犯下的所有自以为是的错，没有好好呵护自己已经被小伊治好的眼睛，没有好好地珍惜我和她的重逢！

薰衣草总体的花语是"等待爱情"，紫色薰衣草的花语却是"等待无望的爱情"，我不信这一套。

可小伊，你在哪里？药已经用完了，我开始认真地读你的小纸条了！我又对生活充满了信心，又对与她有朝一日的重逢充满了信心，感觉她就在我身边。

六

我的事业蒸蒸日上，拥有了公司 60% 的股权，当年班上曾和大熊一块儿欺负过我的三胖现在却倒戈相向成了我的助手。

一天，三胖来到我办公室。

鸿总，你看，

　　三胖给我看了一个制作精美的电子派对邀请函，原来是我设计的水晶街心城堡正式投入使用了，而第一个进驻的商家是一个销售花草精油的商铺，名叫伊芙。

　　总经理不是别人，正是小伊！

　　小伊！

　　对，这家精油店正是莫小伊的店。

　　一直压在我心中的石头，此刻终于放了下来。我不停地想向着这许久未见之后即将久别重逢的喜悦和惊喜，或许还有一些唏嘘不已的叹意。

　　下了班，我和三胖来到了小伊的店。

　　店面装修的风格是我再熟悉不过的了，和当年她给我治疗的小工作室如出一辙。

　　雅致的柜台上除了鲜花就是各色花草精油瓶。

　　柜边站着两个孩子，一个大概十三四岁的少年，模样与她酷似，长长的睫毛，深邃的瞳仁，眉宇间透着一股稚气和一股英气。

　　你好小朋友，妈妈在哪里？

　　妈妈，嗯——嗯——我也不知道。小朋友扭头

往四周看，和陌生人交流时显得有点愣头愣脑。

妈妈在那里，一旁的另一个小姑娘却灵巧聪慧，甜甜地回答道。当我看向这小姑娘时，我不禁惊了一下，她和我竟然有一样酷酷的眼神，散发着清冷而智慧的光。

哥哥我比你厉害吧，我一眼就瞅到妈妈了。当她得意地抿嘴一笑时，左边露出了和我一模一样的酒窝。

我走上前问道，你叫什么名字？小朋友？

我叫微微。

妈妈，妈妈，来客人了，微微蹦蹦跳跳地奔向妈妈。

此刻，小伊将长发挽起，显得知性成熟，一席优雅修身的鱼尾裙凸显着她一贯撩人的身姿，身边围绕着不少商客友人，听孩子呼喊，她便走了过来。

以前总以为，人生最美好的是相遇。

后来才明白，其实最难得的是重逢。

　　注定相遇的人，哪怕绕了好大一个圈，也终会在某个时间相遇。

　　还没走近我，她那身上的香气，却熟悉得让我丝毫不敢回忆，那个夜晚，那次缱绻，那个无礼的自己……

　　看到我，她也是一阵惊一阵喜，当然，眉宇间还挂着一丝怨，惊的是十年不见；喜的是再次重逢；怨的，也许是当年那缠绵悱恻的夜和那毫无交代的不辞一别。

　　鸿飞！

　　小伊！

　　世间所有相遇都是久别重逢，唯有时间、空间，有所改变而已。

　　看得出小伊强忍着内心的复杂心情，此刻却蹲下来，和孩子们说话，孩子们，妈妈来给你们介绍，这是妈妈的老同学孙鸿飞叔叔……

　　那天，我们终于又走在了栎木路的路灯下。

　　走过了一盏盏昏昏暗暗的路灯，走过了萧瑟的玉兰树，走过了一排排早已变换了大王旗的店面

房。平平淡淡，简简单单，畅谈流年。

时间如流水，来去太匆匆，还来不及给你送一束鲜花，一挥手，青春就没了。

鸿飞，为什么不和我联系！你知道吗，在失去你的日子里，我有多痛苦多难受。

我怕爱，我恨爱，但我也渴望着真实的爱，渴望再次看到你，却又惧怕他人百口嘲谤，万目睽睽。

啊，矛盾的灵魂！

可是，面对熊熊烈火，我终于护住了你送给我的戒指，我在主面前发过誓，除非我死，这枚戒指我不会摘下。

如花美眷，终是敌不过似水流年，不知不觉，小伊的两鬓有了白发，巨阙啸西风，离歌送归鸿，当时少年头，已作白发媾，从青春少年到苍苍白发，我希冀能和她从校服到婚纱。

我抚了一下她脸庞滴落的泪，她那深邃却略显倦怠的眼眸依然闪着迷人诱惑的光彩，我的脸颊与

她很近很近，近到能感觉对方的鼻息。

热，有种滚烫的感觉，自身体各处传来。就这样，我再一次无理地就势攻占了她因回忆而微启的唇，攻占了一直攻占着的自己内心几十年的主人。

就这样，在这栎木路的路灯下，我们相拥相吻着，我深深地感觉到有一股暖流流遍全身。原来深爱彼此的感觉就是如此刻骨铭心。

从此，小伊又继续帮我针灸恢复色彩辨识力，当然配合她的新研发的精油产品，效果显著。只是，我也看得出小伊给我治疗时体力不如从前，扎完针，她往往敲敲自己的两肩和后腰，不知是照顾家庭消耗她的体力，还是研究她的专业损耗她的元气。

这时，我便给她耸耸肩，揉揉腰背，然后疼惜地紧握她的双手，泡上一杯菊花枸杞茶，二人同饮。

每天晚上治疗完后，我们相伴相依偎沿着这条栎木路走，回忆着少年时、再次相逢时的点滴过往，不知不觉竟连续走了一星期。

直到有一天晚上，小伊不时地往后扭头，脸上挂着不安的神色，与往常大不一样，她突然轻轻用手碰了我一下。

鸿飞，我感觉有点不对劲，后面好像有人······跟踪！

啊，是吗？

果然，还没等我反应过来，一名黑衣男子已经冲上来，亮出了刀。

短暂的惊愕，容不得犹豫，我本能地用身体护住了小伊，挡住了黑衣人的刀，但力量相对抗时我感觉恐怕难是他的对手，我一把推开小伊，对着她大喊"你快跑"！黑衣人似乎怒了，对着我的后腰捅了一刀，径直朝小伊追去。

巨大的痛楚此刻遍布我全身，血开始往下流。

黑衣男子追上小伊，连捅数刀，小伊挣脱不了，连连尖叫。路人们看到如此惊悚的场面，吓得不敢上前，胆小得甚至跑得远远的。

看到小伊处境危险，我强忍着痛冲上去，抓住了持刀男子的后脖子，一边就势摘下了黑衣人的蒙

面布。

此人，不是别人，正是大熊！

大熊一股酒气，显然乱了性子。

都是你们害的！还我阿萍！还我阿萍！他的面目继续狰狞着，我一把抓住他持刀的手，问，阿萍怎么了？

还问？

大熊咆哮着，老婆惦记的不是我，而是你！他妈的，天天叨叨你的名字，要不是你俩，阿萍不会死！

原来，阿萍也许是因为大熊常年好赌，得不到身心的照顾；也许是因为我不接受她，又也许是因为母亲的基因，她的情绪和精神一直很不稳定，终有一天她在河边失足落水，被打捞起来时早已没了呼吸。

啊！我神思恍惚，可这一个不注意，加上在暗处眼睛不好使，却一连受了大熊十几刀！

大熊狂叫着，像是浑身浴血的魔鬼。啊！

又是一刀！看着大熊的刀子深深插进我的胸

口，冰凉的感觉很快被痛苦的晕眩代替。那黏糊糊的东西随着呼吸，又一次不断地喷出红色的液体，可是，我却不感觉疼，和小伊年少读书时、她替我治疗时的种种情形亦真亦幻浮现在我脑海……

小伊见状，急中生智，不顾身上的剧痛，将随身携带的一瓶 100% 高浓度薰衣草精油奋力向大熊泼洒去，精油虽是柔和之物，但触及眼皮，也会有强烈的灼伤感，大熊弃刀乱窜，小伊这一泼洒，终因伤势严重，用力过猛，几近昏迷。

鸿飞，我……我……

我挣扎着爬到小伊身边，一边打电话报警，一边紧握住她的手臂帮她止血，并向周围的人群求助。

大熊终究被警察抓走了，我和小伊也被送进了医院。

在 ICU，我反复叮嘱医生，先抢救小伊。事后，我才得知，我中了十四刀，好在没有危及生命，这辈子，我没为她做过什么，唯一做了的就是

替她挨了这十几刀。

此刻，小伊就躺在我身边的病床上，边上的心电图仪器嘟 —— 嘟 —— 的发出着理性却瘆人的声音。

我的身上缠满了纱布，看着依然昏迷的小伊，眼泪喷涌而出，是自己没有保护好小伊，竟然让她躺在这里。

人生可不就像这心电图，高高低低，起起落落，若是一帆风顺，就挂了。

小伊，我伸过去，握住她的手，我不许你的图草草收尾，你，什么时候能醒来？

 七

小伊缓缓睁开了眼睛。

她苦苦一笑，清泪斑斑，挥断柔肠寸，人比黄花瘦。

我们穿上了一样的条纹住院服步履缓慢地走在医院的走廊上。记得上一次我俩穿同样的条纹衣服，还是中学时那宽宽大大的校服。

鸿飞，我在世上的日子不多了。

你别乱讲，

小伊解开衣服扣子，给我看她胸口的紫荆花，花儿的颜色渐渐褪去。

小伊对我满眼的留恋，我自己的身体我自己清楚。

这一日，南方湿冷的冬天里久违的阳光又一次透过窗户射进来。小伊突然把微微叫到身边。

微微，鸿飞叔叔，其实和你一个姓，也姓孙，他其实，是，是……

微微睁着大眼睛看着我。

妈妈以后没有办法陪你了，鸿飞叔叔会照顾你的。

小伊看着孩子清澈的眼神，终是没有告诉她实情。

那个周末的晚上，我随小伊的意愿带着她驱车回到了我们老家，我们又爬上了当年那棵大樟树，那晚的夜空格外静谧，我们又看到了小时候看到就会嗨起来的北斗七星，

鸿飞，我要听你给我念 Paper plane.

好。

我应允。

纸飞机 纸飞机

轻轻地纸飞机

真想骑着你

载我向那高处飞

飞往一处桃源地

纸飞机 纸飞机

轻轻的纸飞机

它多么的优美

看似漫无目的地在飞

却又总会着地

它总有它的使命

就像这架纸飞机

轻叩我心扉

载走我的伤悲

　　小伊靠在我的肩头，满足地并且永远地闭上了眼睛。

　　我想到了《大时代》里小犹太也是那样，靠在方展博的肩上，永远而满足地闭上了双眼，当时方展博念的也是这首此刻萦绕在我心头的诗。

　　小伊，是我对不起你，是我没有好好保护你，是我没有好好珍惜上天赐给我的机会，是我太任性，太自私，太自以为是！

　　可小伊，再也听不到了。

　　我本可以忍受黑暗，如果我不曾见过光，

　　光亮了，又灭了。

八

　　小伊就这样永远地离我而去了。我独自一人，走在我们曾经一同走过的栎木路上，那个曾经重逢、相拥、相吻、凶杀的地方。

　　此刻，我听着我一个人的脚步声在沉寂的夜色里响着、响着……

　　我每每在这路上徘徊、流连，哪一次也没有像现在这样使我肝肠寸断。

　　小伊，那时，你虽然也不在我身边，但我知道，你还在这个世界上，我便觉得你在伴随着我，而今，你的的确确不在了，我真不能相信！

　　她去了，似乎我灵性里的一部分也随她而去了。

　　我把公司里所有的事务转给了三胖，带着女儿回老家住了。

　　我们常常在大樟树上坐，一坐就是一个下午。

　　微微也学着当年她妈妈的样给我念《圣经》：

　　亲爱的主啊，求你保护我们，如同保护眼中的瞳仁；将我们隐藏在你翅膀的荫下……

　　O God! Keep me as the apple of your eye; hide me in the shadow of your wings.

　　那天，下雨后出现了一道彩虹，微微惊叫，鸿飞叔叔，快看，快看，彩虹！

　　我虽然看不清颜色，却也假装很兴奋的样子，哇，微微，我看到了，真是太美啦！

斯人若彩虹，遇上方知有。

微微啊，有一天，你也会遇到一个如彩虹一般绚烂的人。

让你甘愿为他忍受孤独去等待，即使是耗费青春，也值得。

微微似懂非懂，鸿飞叔叔，你是不是又想我妈妈了？

……

叫爸爸！

啊？

记住，微微，我就是你爸！

微微像是看镜子似的，看着我的眼睛。

爸爸！

我一把将她紧紧搂到怀里。

爸爸，其实我早就知道你是我爸爸了，妈妈走后，我有偷偷看过她的随笔本，她一直在纠结要不要告诉我，我还是知道了，爸爸。

人生之路，不过风雨彩虹，不管多美也会消散，但曾有的回忆，无论多遥远也能被铭记。况

且，还有我们的明天。

四十多年了，小伊占有着我全部的情感，可是我终究还是失去了她。

并且，又一次，永久地失去了我所有的色彩辨识力。

此刻我的世界又只有黑和白了，我弃掉了所有的电子产品，手机、PAD、手环，拿起笔记本和水笔，当作是她的替身，在这上面和她倾心交谈。

每时，每天，每月，每年。

人的一生如昙花一现，所有曾经拥有的终将逝去。

我曾经拥有的五彩斑斓的色彩辨识能力是小伊给我的。

我没有珍惜的时候又被小伊所料到，帮我重新恢复眼睛。

而现在，我又还给了她。

每当一天过去，我总是觉得忘记了什么重要的事情，或是夜里突然从梦中惊醒：发生了什么事情？不，什么也没有发生，我清清楚楚地意识到：

没有她！于是什么都显得是有缺陷的、不完满的，而且是没有任何东西可以弥补的。

于是，我按照之前自己给客户设计的那栋水晶街心城堡，也就是小伊入驻过的精油店，又进行一比一复制，在老家大樟树附近建了一座。那是一栋三层的小别墅，每一砖每一瓦都是我亲自安排采购亲自参与搭建，并将它取名"小伊堡"。

微微上大学去了北方，之后一直在那里发展，好女儿也可以志在四方，我也没有刻意让她回乡。

那一年，台湾地区终于回归到祖国母亲怀抱，到处张灯结彩，红旗飘扬，热闹非凡，我这个长在大陆，也在宝岛待过的人虽感欣慰，却看不到所有喜庆的色彩，眼前只有黑和白。

于是，我回到"小伊堡"，备好油画颜料，拿起画笔，开始了我长达十年的画画旅程，就像古代僧侣专注于抄写经文、图绘圣像一样，全然孤独寂静，只有专注。

记得印象派大画家莫奈也是在暮年，躲避二战，在亲人相继离世后，强忍着内心的痛楚，开始画大型睡莲壁画，别笑我效仿，可我的确也是抛开纷纷扰扰的世事，另辟一静处，在墙上作画；亦如彼时罹患白内障的莫奈，我没有办法辨认颜色，就按照颜料管上的文字，调匀上手。莫奈画睡莲，用的是各种颜色，而我却主打一种颜色——紫。

紫藤架下，月冷清处，孤灯下白墙前，我的心中没有山河日月，没有四亲八眷，只有拿去我魂魄的小伊一人，好在有画画，极度净化和荡涤着我的内心。

人生一梦，白云苍狗。错错对对，恩恩怨怨，终不过日月无声、水过无痕。所难弃者，一点痴念而已！画完后，我将房子钥匙委托三胖保管，叮嘱他要等我百年之后，才能将钥匙给微微。

三胖，谢谢你一直陪着我，兄弟我也待你不薄。

说着，我凝望起远方，名利钱财都是身外之物，我这辈子没有什么财富留给微微，更没有为小伊做过什么。这小伊堡算是我留给她娘俩的唯一拿得出手的东西。我怕孩子看了难受，还是尽量晚些给她看吧，我希望看她快快乐乐的样子。

《百年孤独》里说，生命中所有灿烂终将需要寂寞来偿还，人生终将是一场单人的旅行，孤独前是迷茫，孤独后是成长。

我不想女儿太难过，但她终究要历经孤独，终究要历经成长。

九

微微也历经了她自己的成长，从孩童变成少女，完成学业，继而为人妻，为人母，从青丝到白霜。

人生如白驹过隙，转眼我已经到了这一生快要完结的时候了，可我对小伊的留恋却有增无减，一把年纪了却好笑地还像小孩子一样地忘情，为什么生活总是让人经过艰辛跋涉之后才把你追求了一生的梦想展现在你的眼前？

爸爸，看得清吗？起来喝口水吧。

微微扶起双眼迷离，肢体僵硬的我，眼里噙着泪花。

孩子，爸爸即将步入天国，你妈妈在那里等我。

我就要到那里去和她相会了，我们将永远在一起，再也不会分离，再也没有什么人间的法律和道义把我们分开了……

我对小伊的爱，成了一种疾痛，或是比死亡更强大的一种力量。假如世界上真有所谓不朽的爱，这恐怕也就是极限了。

哪怕千万年过去，只要有一朵白云追逐着另一朵白云；一棵青草傍依着另一棵青草；一层浪花拍着另一层浪花……

真正地爱过，就没有遗憾。

孩子啊，等你爸去了，记得把我和你妈妈一起葬在那棵千年大樟树下，我们还要继续一起看太阳、月亮和北斗七星呐。

番外

那一日，微微接过三胖叔叔手里的钥匙，来到小伊堡。

　　一进门就被里面的壁画震慑住了，这扇门仿佛是带领微微进入了另一个世界的入口。

　　微微啊，不要用眼睛去看，用心看吧。你爸爸的构思和心血应该是超越了视觉的。

　　好的，三胖叔叔。

　　果然是一种升华！

　　微微开始细细欣赏起来，越看内心越是翻腾。

　　墙的高度差不多两米，三至五米宽，第一层，画的是大朵大朵的紫荆花，开得绚烂无比，与天空和云影温柔地融为一体；沿着扶梯上二楼，墙上画的则是淡紫色的薰衣草海洋，让人感觉360度无死角，舒服得好像回到了母体；到了第三层，则是不同时期的妈妈：少女时代梳着马尾，坐在课桌前写字的妈妈；成年时穿着紫色连衣裙长发及腰的妈妈；中年后穿着鱼尾亮片晚礼服，神采奕奕的妈妈……

　　而墙角，留了一行字，那明显是爸爸的笔记：

衣带渐宽终不悔，为伊消得人憔悴，

遥怜江口夕鸿飞，曲阑深处念紫微。

    微微长长舒了一口气，原来妈妈给自己取名微微就是盼着自己这件小棉袄能如紫微星辰陪伴父亲；原来爸爸自始至终惦念着妈妈，紫金花的花语不仅代表着和睦亲情，它更是爱情之花，象征着矢志不渝。

    爱是永不止息，爸爸妈妈，我哪也不去了，陪你们俩，微微顿时，泪如雨下······

家国情思忆流年

双语

我的双语阅读史

　　幼年时代，我的愿望并非和其他小朋友一样成为科学家，我的梦想是当翻译、大学老师和文学家，这三个当时想当然的愿望，仿佛都和读书有密切的关系，而冥冥之中，有一种力量已经帮我实现了前两个，那便是读书。

　　自打识字起，我就非常喜欢看书，低年级时爱翻格林童话，记得当时我的母校，江东实验小学图书馆里有两本厚厚的中英双语的《世界童话宝库》，每每去那里，我就会近水楼台，将书借来读，虽不认识里面的英文，却感觉书本甚是高级，引人入胜。后来，学校安排了午睡时间，我就利用这段笃信自己睡不着的时间翻阅起从舅妈那借来的《山海经》和《民间故事》。

　　放假时，我住外婆家，翻看舅妈的《山海经》和《民间故事》依然是我的一大爱好，到了高年级，我开始尝试临摹其封面那些唯美的仕女图，这个习惯一直持续到现在我过暑假。

少时阅书三大法宝

少年时，有这么三大件一直激发着我的阅读兴趣：舅舅的书柜、包玉刚图书馆的借书证、家里的西湖大彩电。

舅舅的书柜

所谓"三代不出舅家门"，小时候，嗜书如命的舅舅是不许我和表姐表妹动他的书柜的，只鼓励我们姐妹仨看一些适龄段的小人书，可我却觊觎他书柜上搁的《红楼梦》插图版，厚厚三大本，绘图精致，言简意赅，这套书也由此开启了我阅读中国古典四大名著的大门。

包玉刚图书馆的借书证

话说这小小的红本本可大有来头，这是外公在凌晨两点排队时为我和表姐争取到的福利！每到周末爸爸就会踩着脚踏车带着我，花近一个小时的时间从城东骑到城西的包玉刚图书馆（今宁波市图书

馆老馆），然后我会凭这本珍贵的借书证，精心挑选自己喜欢的书。许多年后，就在这图书馆，我做过兼职雅思老师；又过许多年后，我带过娃来这看展、自习；2014 年，也在这里，我开讲《天一讲堂》；之后又在这开展了一系列的讲座。每次到访，小时候借书的情形就会历历在目。

西湖彩电

20 世纪 90 年代，爸爸妈妈买了台西湖牌 21 吋彩电回家，接着，舅舅家，大伯家，也跟着买了西湖牌彩电，大人们笑称此乃"三潭映月"，恰恰是这"三潭映月"开启了我人生的另一扇阅读之门。

当时，妈妈为了不影响我写作业，在电视边按上了帘子，自己看琼瑶剧，我只能偷偷地听声音，到了初中，我屡屡拿着学生证借了原作，废寝忘食地看《鬼丈夫》《望夫崖》，常常看得泪如雨下，感动不已。

那年暑假，TVB热播的《射雕英雄传》成了我和舅舅的最爱，表姐和外婆虽热衷她俩的《新白娘子传奇》，却也偶尔会从黑白TV转场到我们的"西湖"TV……聪明伶俐的黄蓉，憨厚却满满英雄气概的郭靖，滑稽可爱的老顽童，贪吃却富有智慧的洪七公，越是对演员的精彩演绎痴迷，我越是对原著产生好奇。从此，我便成了金庸爷爷的忠实拥趸，看遍了他的"飞雪连天射白鹿，笑书神侠倚碧鸳"。

暑假后一开学，班上便流行阅读《射雕英雄传》原著，我和小伙伴们总偷偷地将书放在课桌下，躲过数学奶奶那素来严厉的目光，小心翼翼地翻阅，我想《射雕》大概是我除了《红楼梦》之外阅读遍数最多的小说之一。2018年，我在宁波市图书馆开讲《千里暮云平，双语化射雕》，反响热烈。少年时代所读的书对一个人成长的影响终究是巨大的！

初中时，繁重的课业负担占据了我相当一部分读课外书的时间，但自小学以来就担任了英语课

代表的我，反倒开始对国外名著名影产生了浓厚兴趣：《雾都孤儿》《简爱》《罗马假日》《乱世佳人》，邂逅了这些电影后，还觉得不过瘾，偏偏要诉诸于文字，再重温一遍。

妈妈见我喜欢，便顺水推舟，买来配套的磁带让我听，除了原版电影的磁带，妈妈还给我买了《许国璋英语》以及全套的外研社与牛津大学出版社共同出版的《书虫》——也就是世界名著的双语科普版，当时经常南下的姨父姨妈，还专门给我带来了爱华随身听，帮助我学习英语。

只是这些凝聚了妈妈温暖的课外精神食粮，往往只能让道给课内作业。直到大学本科二年级，我才自学完成妈妈给我买的《许国璋英语》，背完了所有的章节。绿皮本的《书虫》直到我准备考美国文学的研究生时，才花了整整半个暑假，把它们全部看完，它们的宽度占据了我书柜一横格的半壁江山。

读完时，我长舒了一口气，体会着书本封底的那句话：

要坚持不懈地读下去，要广泛而丰富地读下去。待到读完丛书系列中的最后一本，你也许会突然发现：你已经如蛹化蝶，振翅欲翔了。

双语文学教学相长

《雾都孤儿》《远大前程》的原版磁带和译文虽已让我束之高阁，但我在硕士研究生阶段主攻的美国文学，却离不开早年这些英国文学杰作的引领。

看着现在一届又一届的大学生们，我总会回想起二十多年前，自己上大学的光景，离开了父母，仿佛自己更能潜心学习，并且，课堂上我的老师们自带的文艺气场，也让我执着爱着文学，啊，应该是双语文学：中英对照的《红楼梦》，林语堂的《京华烟云》，学弟送我的双语《圣经》，许渊冲老师译得绝美的《宋词百首》，James Joyce，Ezra Pound 这些名字，都在我的青春岁月里留下了深深的痕迹。

硕士毕业，继续在高校任教似乎已是水到渠

成的事，我虽不曾真正意义上踏入过"江湖"，却常常鼓励终将进入江湖的同学们坚持阅读，看自己喜欢的书和电影，书和电影虽门类不同，但都是好物！

说起好物，当老师十几年，我最大的两件镇宅之宝便是两本厚厚的大字典：陆谷孙的《英汉大辞典》和吴光华的《英汉大辞典》，十几斤的书没有办法捧在手里翻，只能摊着查。

"当老师必须严谨，特别是字词，自己要有一桶水，才能给学生一杯水。"我当年的文学导师刘继华如是说。

"双语＋艺文"成专业阅读关键词

2014 年，在工作后的第八个年头，我登上《天一讲堂》开讲《宁波牌外语和老宁波谜语》，次年我应邀赴中国台湾做学术研讨会主讲，彼时的会议大陆只有两位老师受邀；我团队的两岸合作双语传承艺术文化工作也由此展开；2017 年我主编的《大学艺术英语》由上海交大出版社出版；2018 年我担任宁波民间文艺家协会副秘书长；2019 年入选浙江省民协会员；2021 年入选中国民间文艺家协会会员。

因此，如今"双语"和"艺术文化"成了我主要的研究方向和阅读关键词。校外我坚持双语创作，奖项颇丰；校内我开拓《大学艺术英语》课程；线上与团队共同打造的《双语赏艺术》课程点击量已破 390 万；线下的《双语赏艺术》品牌讲座，年年更新，单次收听率已破 22,000 人次。

在编写教材时，我几乎看遍了海峡两岸和艺术文化相关的所有双语教材，我立志将带领团队，打造业内最好的艺术英语教材，到目前为止全国已有 181 家单位收录了教材的电子版。

在准备讲座时，我也深受蒋勋、毕淑敏、贺秋帆等老师的影响，每出一部作品，我都要花一整年的时间大量翻阅文献，引经据典，精致打造，但一切都是值得的。

让双语温暖课堂，让艺术点亮人生，这是我讲

座的口号。

热爱艺术文化，热爱双语阅读，热爱生活，这是对我所有学生的目标。

双语于我而言，并不是简简单单的中英文对照，而是一种语言的修炼与沉淀。我希望我的课程、书本、讲座为学生们开启的，不仅仅是心中的一扇门窗，而是艺术文化与历史长河中所有的悲喜真相。

授课过程中，我深感少年时读过的书，看过的电影对自己的影响之深，我发现，不仅仅是我，我的学生们亦是如此。

孩提时，我们吃过很多食物，现在已记不起具体是什么了，但可以肯定，它们中的一部分已经长成了我们的骨头和肉。

读书亦是如此，那些我们学过的知识，哪怕最后都已被遗忘，但在长久的学习过程中，我们所养成的逻辑思维、知识碎片和学习习惯，都造就了我们这一生无可替代的灵魂，一个人骨子里的东西是花多少钱都买不到的！

我们读过的书，走过的路，见过的人，可能都没有办法，在短时间内给我们带来利益，但随着时间的推移，这些都会慢慢融入我们的思维行为中，形成我们的血和肉。

　　因此，我坚持阅读，坚持自己的研究方向，并将此辐射到我的学生们和孩子身上。时光终将流逝，然而对于美、文化和语言，我们的学习记忆必将随着我们的阅读而长存。

　　本文系作者被评为 2022 年甬城青年教师阅读先锋推荐作品之一。

红楼

最忆是红楼

——我推荐的书目《红楼梦》

经常看到这样的问题：如果你一个人呆在孤岛上，和外界完全失去联系，只许你带一本书，你会带什么书？我想，我的答案是《红楼梦》。

曹雪芹的《红楼梦》给读者的是文学和艺术上最顶级的享受，结构极其精妙，人物深刻鲜活，开创了中国小说的先河，前无古人，也很难有后来者。

鉴于篇幅限制，权且从人物角度和大家聊聊三位《红楼梦》中的顶流。

率真可爱满眼爱情——林黛玉

《红楼梦》里的美少女天团核心成员林黛玉，虽自尊敏感，但才学出众，谈吐幽默风趣，真实可爱，不虚伪做作。

凹晶馆黛玉湘云联诗，诗才极高的两个人棋逢对手。湘云偶得佳句"寒塘渡鹤影"，黛玉苦思片刻，对出"冷月葬花魂"。随后，湘云去了潇湘馆

和黛玉同住，闲聊到夜深。

香菱学诗，拜黛玉为师。诗界前辈丝毫不怠慢诗界新人，热心传授，答疑解惑。香菱最终吟出了"精华欲掩料应难，影自娟娟魄自寒"的咏月佳句，获得满堂喝彩。黛玉的真诚鼓励，激发了香菱学诗的热情，也发掘了她的潜能。

《红楼梦》伊始，黛玉是防备宝钗的，视其为假想情敌，而后，黛玉也为宝钗对自己的体贴关心深受感动，推心置腹诉说："你素日待人，固然是极好的，然我最是个多心的人，只当你心里藏奸。细细算来，我母亲去世早，又无姊妹兄弟，我长了今年十五岁，竟没一人像你前日的话教导我。"自此，视宝钗为知己和亲姐姐，唤薛姨妈为妈妈，黛玉待人的真诚透明可见一斑。

腹有诗书气自华的黛玉是真性情，不仅在世俗里真，在爱情里更是真，比如和宝玉的试探讽刺与挖苦，比如她对爱情的不确定，讽刺宝玉见了姐姐忘了妹妹，这样的黛玉，自然是个满心满眼皆是爱情的女子。

　　桃花树下看《西厢》，一起葬花一起嗟叹，雨中宝玉探望黛玉，黛玉和宝玉大争大吵后又彼此试探，宝玉摔玉时黛玉大哭大吐，宝玉让贾政打了板子后黛玉哭肿了眼睛……这样的黛玉，完全是爱情中的小女子形象。

　　宝钗背后的薛家是一个大家族，这样的一个金玉良缘强敌，自然让人不安心，而黛玉只身一人，有的只有爱情，而爱情，又是飘逸的难以落到手里的。

　　所以啊，万种闲愁，千般相思，欲诉无人懂，唯有宝玉打发晴雯送了黛玉半新不旧的两方旧帕子。始终衣不如新，人不如旧。旧人，才是心上人。而题帕三绝的黛玉，才是放心了这段感情，认可了这段感情，才会在手帕上写了爱情，写了忧虑，写了世间的万种柔情。斯人若彩虹，遇上方知有。黛玉，赢得衔玉而生贵公子宝玉的一眼万年也是情理之中的事。

挚诚专注贾宝玉

2022年高考，贾宝玉成了最大赢家，语文全国甲卷以《红楼梦》"大观园试才题对额"片段为作文材料题，虽然网上对此褒贬不一，但热爱中国传统文化，多读经典名著，应该是出题老师的初心。

"无故寻愁觅恨，有时似傻如狂。纵然生得好皮囊，腹内原来草莽。潦倒不通世务，愚顽怕读文章。行为偏僻性乖张，那管世人诽谤。"一曲《西江月》彷佛将宝玉贬得一无是处，但"有时似傻如狂"的宝玉并非真的痴傻，他的痴傻，让人不免想起唐寅的"别人笑我太疯癫，我笑他人看不穿"和郑板桥的"难得糊涂"。

贾宝玉生活在一个传统的封建贵族家庭里，受到了极为严苛的封建思想教育，父亲贾政和母亲王夫人身上都有非常浓烈的封建色彩：贾政满脑子的君君臣臣，而且他对贾宝玉一脸恨铁不成钢；王夫人常年吃斋念佛，严格恪守封建礼教，这使她显得

几近无情。

在这样一个原生家庭里，宝玉的认知却与世人不同，世人也不能理解他在亲情、伦理道德和求知欲上的执着诚恳，世人需要的是善变，宝玉追求的是挚诚专注。现如今，无论研究自然科学，还是社会科学，都需要这样挚诚专注的人。

挚诚是一个人的美德品格，变诈则是一个人行走江湖的狡黠智慧。宝玉敢于真实地表达自己，敢于直面虚伪和不公。

不可否认，宝玉对黛玉的感情是全书最动人的风景。宝黛初见，第一句话便是"这个妹妹我见过"。众人都笑宝玉痴，可的确，他们缘定三生，在三生石畔灵河旁早已见过。他是神瑛侍者，她是绛珠仙草，他拿灵河的水来灌溉她。为了报灌溉之恩，她便追随他来到人间。

来到人间后，他们互为知己，而当黛玉离世后，宝玉也逐渐醒悟，最后出家。

很多人说，爱情，是这个世界上，最难懂的东西。而如果读懂了宝黛的爱情，就会明白，真正的

爱情是什么样子了。

对黛玉的感情，宝玉是忘我的，看到她探望被父亲打伤后的自己而伤心时，他会先忘了自己的痛。

爱，是一件要有实际行动的事情，只说不做的，都是在画饼。

宝玉那么奇怪的一个人，有很多超乎常理的想法，黛玉懂；黛玉那么任性消极又敏感，宝玉懂。大家都劝宝玉去考个功名，他一听就说："姑娘请别的姊妹屋里坐坐，我这里仔细污了你知经济学问的。""只有林妹妹懂我。"黛玉懂他，从不催宝玉考功名。

最动人的还是宝黛二人最后一次相聚谈禅时，宝玉对感情的承诺："任凭弱水三千，我只取一瓢饮。"不管水有多长，我只对你唯一。"好妹妹……我为你也弄了一身的病在这里……只等你的病好了，只怕我的病才得好呢。"这是宝玉的真心话，愿为她粉身碎骨，化成烟，化成灰，讲白了，他爱她，就这么简单。如此情深的爱情，却因家族利益

而不得而终，成为多少读者的意难平。

鲁迅说：人生得一知己足矣。

人生海海，找个疼爱自己的人，真的很重要。

铿锵玫瑰乘风破浪——探春

对于探春而言，她这一生最不愿意被提起的，大概就是她的庶出身份了。探春是贾府三小姐，但这个小姐却当得不易。

既然不能选择出身，那便自己主宰后续的人生！于是，我们看到的三姑娘，没有成为迎春那样的懦弱二木头，也没有成为惜春那样的冷漠四小姐，她是一朵铿锵玫瑰。

三小姐的品貌才情、见识气度、眼界格局，在迎探惜三春中最为出众。她的人生，没有受到原生家庭的左右。

探春从小在王夫人、贾母身边长大，这对她来说，既是幸也是不幸。幸的是，她很早便逃离了糟糕的原生家庭，找到了一块更肥沃的土壤，茁壮成长，成为一位有抱负有志气，令人见之忘俗的大小

姐；不幸的是，她与生母赵姨娘长期疏离，母女间的鸿沟越来越大。

她不想如生母那样不受人待见，不想活成行走的笑话，不想被人打心里瞧不上，所以她努力做一个令长辈疼爱的女孩，令下人敬服的小姐。因为，她除了往上爬，没有别的退路。

鸳鸯抗婚时，贾母错怪王夫人，众人噤若寒蝉，莫敢作声，只有探春替王夫人说了话，洗白了冤屈；贾府中秋夜，贾母暮年之人，对家族败落心有戚戚，久久不愿散去，黛玉湘云等皆早已退席，唯独探春陪坐在侧，未曾暂离。她展现给贾母和王夫人的，永远是最懂事的三姑娘；她展现给姊妹们的，永远是最有才干的三妹妹；她展现给下人的，永远是最不苟言笑的三小姐。

贾府对她而言，是家，更是职场。宝玉喝醉了能钻到母亲怀里，宝钗撒娇时也能趴在母亲怀里，黛玉尚有贾母搂她入怀，可探春难过时，想撒娇时，无依无靠。

大观园诗社，是探春发起的，那一篇洋洋洒洒

的请柬，表现出了一个闺阁女子不甘于只是做针织女红的志气与豪情。当管家期间，她革除宿弊，开源节流，出了不少举措，做了许多尝试。虽然探春理家只是昙花一现，但让我们看到了探春的治理才干和不服输的劲儿。

面对抄检大观园的汹汹来势，探春秉烛以待，先是语出惊人，继而泪如雨下，纵有滔天才干，可奈何她生于末世。

生命不息，奋斗不止，乘风破浪，铿锵玫瑰，探春是也。

蒋勋老师说，《红楼梦》是一本可以当佛经读的书，阅读过程，宛如修行，它就像现实生活的一面镜子，可以照出我们的喜怒哀乐，照出我们内心深处的心事。

世间学问不寻常，古今一梦尽荒唐。

浮生华筵终散场，请读《红楼》寻思量。

本文系作者被评为 2022 年甬城青年教师阅读先锋推荐作品之二。

梅兰竹菊

辛亥革命风云中的
梅兰竹菊

公元 1911 年。

辛亥革命的一声枪响，千年封建帝国倒下了。

辛亥革命的一声号角，开启了中国进步的大门。

于是，脑勺后长长的辫子割断了，男女之间的婚姻自由了……

中国就在不知不觉间发生着质变。

于是，在这样的历史舞台上，一批批壮怀激烈、血洒疆场只为国民前途的热血青年中，柔姿弱肩的女子也演绎着她们那一个个感召后人的故事。

她们，昭示着"巾帼不让须眉"的勇气和胆量。

傲雪腊梅——秋瑾

冰姿不怕雪霜侵，羞傍琼楼傍古岑。

标格原因独立好，肯教富贵负初心。

烈士，是为正义而牺牲的人，他们的生命虽如玻璃般脆弱，却又如钻石般闪耀、璀璨和永恒。

　　秋瑾，一位民主革命志士，闻名遐迩的鉴湖女侠。看似柔弱的她，身上却有着男儿的刚毅与顽强，她蔑视封建礼法，提倡男女平等，在黑暗的社会中影响至深。

　　对于为推翻满清专制帝制、创立民国而英勇献身的女中豪杰秋瑾，孙中山和宋庆龄都曾给予很高的评价。孙中山先生祭扫秋瑾墓时曾撰挽联："江户矢丹忱，重君首赞同盟会；轩亭洒碧血，愧我今招侠女魂。"

　　秋瑾曾只身远涉重洋到日本求学，以寻求救国之道。20 世纪 70 年代末，宋庆龄为绍兴秋瑾纪念馆题词："（秋瑾）……曾东渡日本，志在革命，千秋万代传侠名。"回国后，秋瑾在上海创刊《中国女报》，以"开通风气，提倡女学，联感情，结团体，并为他日创设中国妇人协会之基础"为宗旨。她号召女界为"醒狮之前驱""文明之先导"。她撰文提倡妇女解放，宣传革命，从此投身革命工作。1907年，秋瑾回到故乡绍兴，接任大通学堂校长的职位，她借校长身份，以大通学堂为基地，开展反清活动，号召人们加入这爱国行动之中。

然而，徐锡麟在安庆起义失败，绍兴坤士胡道南出卖了秋瑾。当杭州新军第一标统领李益智，带领着洋枪队和手持长矛短刀的兵勇，把大通学堂包围得水泄不通时，决心杀身成仁的秋瑾，毅然决定作鱼死网破的最后争斗。只是几阵枪响，一阵搏斗，在大通学堂空旷的操场上，骑着高头大马的秋瑾，在清兵将士的合围中，左奔右突，最后跌落马下被俘。

身处狱中的秋瑾坦荡而又磊落。她席坐牢铺，就着如豆残灯，咬破食指在随身的白绸手绢上写着画着。见尺左右的手绢上，一枝傲骨嶙峋雅姿夺目的蜡梅，俏丽地开放着。蜡梅旁边，娟秀遒劲的字体，题写着一首七言绝句："冰姿不怕雪霜侵，羞傍琼楼傍古岭……"是日凌晨，秋瑾被押赴重兵布置的刑场。知县示衙役拿来笔墨，指令秋瑾悔过画供。秋瑾绝笔写下：秋风秋雨愁煞人。

"膝室空怀忧国恨，谁将巾帼易兜鍪""金瓯已被总须补，为国牺牲敢惜身"，一句又一句赞不绝口的诗，一片又一片炽烈深痛的情，一篇又一篇震撼人心的稿，都在她的笔下，成为人们最敬仰的华章。而这位鉴湖女侠也如一枝傲视冰霜的蜡梅永远摇曳在人们的心中。

空谷幽兰——徐宗汉

幽兰在山谷，本自无人识。

只为馨香重，求着遍山隅。

至性之人必有至情。一生肝胆侠义的徐宗汉不仅是一名出色的革命者，也是一位达观、深明大义的贤妻良母。

那年，守寡不久的徐宗汉挥泪作别儿女，到南洋与二姐会合。或许正是历史的机缘，姐妹俩就在那里与孙中山和黄兴邂逅。有着独特语言天赋的徐宗汉成为孙中山和黄兴之间的"同声翻译"。临别时，孙中山语重心长地说道：你有如此出色的能力，应该满天飞，去筹钱，去革命！革命，此时

255

已如一个让人不能自拔的"幽灵"，深深缠绕着徐宗汉。

1910 年 2 月和 4 月，她两次参加了广州起义，第二次起义（黄花岗之役）失败后，徐宗汉冒死护送负伤的总指挥黄兴至香港，住进了雅丽医院治疗，照例动手术前，必须得有亲属签名负责，徐宗汉就冒充黄兴之妻签了名。在黄兴疗伤期间，徐宗汉对他关怀备至，许是徐宗汉那清婉素淡兰花般的气质形象深深烙印在黄兴心中，等到黄兴伤愈出院后，他们便结为革命伉俪，从此便在革命洪流中"一发而不可收"。

然黄兴逝世后，悲痛的徐宗汉开始不问政治，息影上海，一心抚育遗孤。那些在烽火连天后涌入上海的孤儿，又触动了徐宗汉天生的热心肠。在医生张竹君帮助下，徐宗汉设立了上海贫儿教养院。她始终把贫儿院工作放在所有工作的首位，准备直至终老，然孙中山的勉励又让她动摇。病榻上的孙中山豪情满怀，劝徐宗汉重出江湖闹革命，至少要办工厂，给长大的孩子受教育和工作的机会。

秉承孙中山"和平、奋斗、救中国"的遗愿，徐宗汉远赴美国、巴西、古巴、秘鲁等地募款。抗日战争爆发后，徐宗汉不顾年事已高和患有严重的心脏病，亲自带领部分贫儿出国，看望华侨，一面为贫儿募捐，一面宣传抗日救国，呼吁侨胞支持抗战事业。

1944年3月8日，这朵旷世幽兰在做好了贫儿院最后一项工作安排后，安然地闭上了双眼。当天恰是国际妇女节，这或许是上天做出的一次巧妙的安排。据说，如今每逢妇女节，黄兴与徐宗汉在上海武康路393号的黄公馆门口，还有许多市民为她送来鲜花，以表永恒的纪念。

旷世翠竹——张竹君

数茎幽玉色，晚夕翠烟分。
声破寒窗梦，根穿绿藓纹。

张竹君毕业于广州博济医院，在她的成长历程中，校友们对她影响甚深，孙中山先生就是其中之一。张竹君拥有广东人冲锋气魄和进取精神：辛亥革命武昌起义爆发，她发起成立中国赤十字会救伤队，呼吁女子从事救国救民的事业；她曾两次掩护革命党人黄兴、宋教仁随队同往，被称为"中国的南丁格尔"；她言行突出社交活跃，备受媒体关注，在社会上影响一时，享有"妇女界梁启超"之誉。

在南华医学堂学习十三年，张竹君师从美国医生嘉约翰（Kerr, John Glasgow），通西医内外科全科。二十世纪伊始，她就创办了中国人自办的最早西医院——禔福医院和南福医院。其后，她又开启广东女学之先声，教授妇女普通格致学，传授编织等技艺，这也为日后女子救国运动奠基。每每讲学时，张竹君也常常提论时事，指陈国艰，激发起女学生们的国家思想。千百年来，中国传统女子守闺阁，足不出户，口不言外，而张竹君对三纲五常、男尊女卑，深恶痛绝。她大力提倡男女平等，积极推动广东的妇女运动，激发女性们以纤弱之躯，走出家门，奔赴战场，以飒爽英姿为国家民族竭尽最大的力量。

清朝灭亡后，张竹君早年的好友，多在政府担任要职。但她却专心致志地在上海新加坡路南市医院当院长，很少在公共场合出现，安心做着她的潇湘隐士。后来，淞沪抗战中，年过半百的张竹君仍积极参与救伤工作，其爱国爱民的精神至今让人敬仰。

铁骨霜菊——尹氏姐妹

铁骨霜姿有傲衷，不逢彭泽志徒雄。

天桃枉自多含妒，争奈黄花耐晚风！

在辛亥革命中涌现出无数爱国志士和英雄人物，其中被誉为"中国近代三女杰"的是秋瑾烈士和她的得意门生尹锐志、尹维峻姐妹。尹锐志，浙江嵊县人，15岁时就加入了反清革命组织光复会，她带着妹妹尹维峻到绍兴明道女学堂上学，从而成为秋瑾的学生，深得秋瑾的赏识，姐妹俩一直跟着秋瑾革命、学习、生活，秋瑾的一言一行深深地影响了她们。秋瑾在上海成立锐峻学社，取她们姐妹名字中的一字组成学社名称，锐峻学社成为光复会在上海的联络点。尹锐志协助秋瑾做着《中国女报》的发行工作，尹维峻作为报童，一面卖报一面收集情报。尹氏姐妹甚至掌管上海光复会日常机关事务，四处筹措资金，积极筹备起义。

秋瑾就义之后，姐妹俩的革命生涯就从幕后走向前台。从姐妹俩的革命履历来看，她们不仅参加了辛亥革命最重要的广州起义和武昌起义，还参加和领导了光复上海、杭州、南京的一系列战役，也就是说亲临了辛亥革命的所有重大事件。

1911 年 11 月，在光复上海的战斗中，尹氏姐妹不让须眉，冲锋在前，在进攻闸北警察局和江南制造局的战斗中表现得非常勇猛，丝毫不让须眉，为上海光复立下大功。紧接着，尹氏姊妹参加了光复杭州的战斗，尹维峻亲自率领光复军敢死队攻打浙江抚署，投出了战斗的第一颗炸弹，巡抚衙门被炸塌了一角，敢死队山呼海啸般地涌向缺口，一举攻占巡抚衙门。在接下来的南京战役中，尹维峻再一次占据鳌头，担任由 50 名女子组成的敢死队"女子荡宁队"的队长。在会攻南京、占领雨花台，强登中华门的战斗中，尹维峻身先士卒，率领"荡宁队"英勇奋战，有力地协同友军攻占了南京。在辛亥革命以及二次革命和护法运动中，尹氏姐妹延续着秋瑾的民族思想，以铁血战斗史气壮山河。

追溯百年前的这段历史，尹氏姐妹的壮怀激烈之情、飒爽的风姿依旧历历在目。我们从尹氏姐妹的身上，品读到了人生最宝贵最美好的东西：理想，执著，坚贞，正义，赤诚，英勇，担当。她们年轻的灵魂在面对生死考验时如此的坦坦荡荡，她们的理想主义、革命情操在今天看来是那么的纯正和激越，她们追求自由的情怀将同时代犬儒主义的男人逼到了历史的墙角。

孙中山就任临时大总统后，任命尹氏姐妹为总统府顾问，从此尹维峻一直追随孙中山出生入死，直到1919年被暗杀。她光辉的革命履历只书写到24岁。尹锐志后随丈夫留学日本。抗战期间，尹锐志在重庆先后担任妇女工作队副队长、抗日军工烈属工厂厂长，积极从事抗日救亡活动，1948年

被国民党特务暗杀。

何谓"爱国"？爱国是顾炎武说的"天下兴亡，匹夫有责"；爱国是丰子恺说的"宁做流浪汉，不做亡国奴"；爱国是文天祥说的"人生自古谁无死，留取丹心照汗青"；爱国是周恩来说的"为中华之崛起而读书"！然而，就是在这强烈的爱国热情之中，千千万万革命烈士用鲜血筑成了我们民族的屏障，就是在这革命的胜利之前做的无数次奋斗坚持，宁死不屈铸就了我们祖国美好的今天。

辛亥革命虽离我们远去，然女性作为觉醒的重要力量始终积极无谓地投身于建立新中国发展新中国的革命浪潮中。1912年孙中山先生曾赞叹："此次革命，女界亦与有功。"当历史车轮已向21世纪迈进的今天，在辛亥革命110周年之际，让我们再一次向以梅兰竹菊为代表的巾帼女英雄们致敬！

本文发表于2021年《青春岁月》。

愿 ——海峡两岸共婵娟

双语诗朗诵

我愿是满山的杜鹃
只为一次无憾的春天
我愿是繁星
舍给一个夏天的夜晚
我愿是千万条江河
流向唯一的海洋
我愿是那月
为你 再一次圆满

如果你是岛屿
我愿是环抱你的海洋
如果你张起了船帆
我便是轻轻吹拂的风浪
如果你远行
我愿是那路

愿

准备了平坦
随你去到远方
随我去到远方
当你走累了
我愿是夜晚
是路旁的客栈
有干净的枕席
供你睡眠
眠中有梦
我就是你枕上的泪痕

我愿是手臂
让你依靠
虽然白发苍苍
虽然白发苍苍
我仍愿是你脚边的炉火
与你共话回忆的老年
与我共话回忆的老年

265

你是笑
我是应和你的歌声
你是泪
我是陪你的星辰
当你摇曳风中
我愿是依伴你的青草
你成灰 / 风,我便成尘

如果啊,如果
如果你对此生还有眷恋
我就再许一个愿 ——
与你结来世的因缘

其实从你回眸的那一眼
我就感受到了祖国的春天
因为从你的眼
我读到了层林尽染,万山红遍

其实从你回望的那一眼

我就仿佛预见祖国的明天
因为从你的眼
我读到了车马连轩，花好月圆

一转眼七十年
期盼的字眼太刺眼
我多想念　你多遥远
日月潭水情丝牵

岁月变迁　沧海桑田
西湖的潮水太执念
我多渴望时光重现
原来你一直在我身边
愿，海峡两岸共婵娟
愿，海峡两岸共婵娟

本文根据浙江省精神文明建设"五个一工程"
获奖剧目《断桥》及蒋勋先生诗作改编。朗读作品
获浙江交通集团 2021 年最佳好声音。

后 记 Afterword

　　"为什么我的眼里常含泪水，因为我对这土地爱得深沉……"曾记否，诗人艾青的诗句。"这土地"养育我们，抚慰我们，给予我们不计回报的关爱。

　　我生在宁波，长在宁波，学在宁波，二十年的求学生涯在宁波，至今十六年的工作亦在宁波。少年的我曾自喻自己是一只本土培育的小鸟，然小鸟终究要离开巢穴，开始自己的征程，乘风破浪，直挂云帆……当我的足迹踏至南半球时，当我只身在祖国大西北求学时，独独在听到浓重的乡音时，我才魂牵梦萦，才真正懂得故乡的意义。

　　书藏古今，港通天下。每每我在主持、讲座、授课、写作时吟诵起家乡的名片，每每耳畔响起宗次郎的《故乡的原风景》时，宁波人那莫名的自豪感便油然而生。

养育我的，是甬城的土地。风雨飘摇千余年，文化的沃土在此发展蔓延，并深入到我们每一个宁波人的血肉中；江南的诗情画意，海滨城市的文艺清新，在这片土地上被展现得淋漓尽致：且不说悠悠七千年的河姆渡文化，且不说令人垂涎欲滴的宁波名菜小吃，且不说家喻户晓感人至深的梁祝文化，且不说阳明心学和那些先贤名人……

单单那从小就走的青石板路，从小就吃到爽的杨梅，就让我有写不完的话，道不完的情。

我虽是一名大学英语老师，但语文一直是我喜爱的科目，读书一直是我的爱好之一。任教多年后，我常常倡导学生，双语阅读和写作，并以身作则。

惭愧的是，我的获奖作品最初往往是应付领导下达的作业，然多次获奖之后，我就开始自发创作，笔耕不断，成为宁波市民协副秘书长后，我更加要求自己多向长辈学习，多出好作品。

　　终于，倾注了我十六年心血的《人间吟甬总关情》要付梓了。

　　本书得以顺利完成并出版，需要感谢诸多机构和人士的支持与帮助：

　　感谢宁波市文联将此书列为文艺创作重点项目，出资支持出版；感谢花山文艺出版社出版；

　　感谢原宁波市文联副主席、中国梁祝文化研究会会长周静书为本书作序；

　　感谢浙江工商职业技术学院周志春校长一如既往的支持和鼓励；

　　感谢浙江工商职业技术学院国际交流学院院长王维平对出版的大力支持和多年的鼓励；

　　感谢浙江工商职业技术学院工会韩包海副主席、王国芬副主席和张舒云老师每一次对我的作品的积极推荐和选送；

　　感谢杭州职业技术学院许世建教授、经济科学出版社宋艳波教授在出版策划方面的倾囊相授；

　　感谢宁波市民间文艺家协会陈可为主席的推荐

指点和多年来的支持；

感谢谷鹏飞教授在我于西北大学文学院的进修访学时，给我的指导和关怀；感谢我的同学高喜锋老师（也辰）为本书封面题签。

感谢我校党委委员、工会主席兼组织部（统战部）部长谢骏、国际交流学院滕汉华老师协助我倾情献声播送；

感谢我的学生陆祎鋆、张小云同学的创作建议和文字整理；感谢徐家辉同学的音频剪辑。

感谢于丽娜、曹丹老师和我的学生金静雅、林思燕、金琪凤、陈卫栋、缪守媛、雷庆林、杨可本、陆珂欣等同学为本书后续的双语出版做的诸多校译工作；感谢徐静粉编辑的全程相助。

当然还要感谢我的亲人们，他们是我重要的生活体悟和灵感来源。

本书终于在今天实现了我的多年夙愿，书中难免有缺漏和瑕疵，祈望读者不吝指教。

此刻，在心中深深地刻下我对故乡甬城的爱与思念，并许下我继续努力前行的愿望。

我爱我的家乡，我爱宁波的每一寸土地。

盼与君共读《人间》，

望甬江长流长青。

任卓君

2023 年 8 月于浙江宁波